[日] 宫泽

U0666595

世界郊游

⑥

出生于庙堂的T先生

台海出版社

　　文库，原本是指收纳书物的仓库和书库，也指收纳书与记事簿，以及不常用物品的小箱子。以前者为例，京滨急行线的"金泽文库站"就是以前镰仓时代北条氏用来收藏汉书的，"金泽文库"名字的由来便是如此。东京都的世田谷区也存在搜集珍贵汉书的"静嘉堂文库"，后者则更多地被称为"手文库"。

　　江户时代以来，可以放入袖袂的小开本书籍逐渐流行起来，被称为"袖珍本"。明治三十六年（1903），富山房发行了小开本的丛书，起名"袖珍名著文库"。随后，明治四十四年（1911），讲述战国时代的猿飞佐助和雾隐才藏系列故事的讲谈社"立川文库"发行出版。讲谈是一种日本民间艺术形式，以口语化的方式讲述历史故事。而"立川文库"则是将讲谈收录成册集中出版的丛书，据统计，当时刊行量为200册左右。从那时起，文库就脱离了原本的释义，逐渐演变成了现在的类书集丛。

　　文库说法借鉴了日本出版业界的传统说法。而千本樱源自日本奈良县吉野山樱花盛开的奇景，世人皆用"一目千本樱"来形容樱花美景。千本樱文库纳入的作品皆为日系作品，题材包括推理、悬疑、幻想、青春、文化等类型，正如千本樱满山盛开的绝景。

现代日本，以"文库"命名刊行的丛书系列有 200 种以上，所谓"文库本"只不过是统称而已。日本传统的"文库本"常用的是 A6 尺寸的 148mm×105mm，也叫"A6 判"。千本樱文库的所有书籍将在"文库本"的基础上提升，达到 148mm×210mm 的开本标准。在追求还原的前提下，力图带给读者视觉更清晰的阅读体验。

明治维新以来，日本文学有了长足发展，传统文学扎根本土，西学东渐，渐渐演化出了日本特有的美学文化。类型文学则在国民精神需求骤增的背景下蓬勃发展，各家出版社争相设立文学新人奖，用来挖掘出色的文化创作者。而投稿获奖也是志在成为作家的创作者们最依赖的出道途径。不过，新人出道的方式并不局限于此，更为普遍的另一种方式则是历史更为悠久的毛遂自荐。

"毛遂自荐"是指创作者携带稿件去出版社投稿，随后文稿被刊登在期刊上，该文章的作者便算是出道。进入 20 世纪 80 年代以后，日本的期刊类型逐渐丰富起来，创作者的出道机会也就越来越多。1989 年，日本角川书店创刊 Sneaker 用来连载"少年向"的小说，随后转向多样化类型运营。2011 年，Sneaker 刊载了一部名为《我的魔剑废话很多》的轻小说，随后出版了四卷单行本，其作者宫泽伊织由此出道。

宫泽伊织虽然出道顺利，但发展不顺利。轻小说并不能发挥其才能，因此已经出道的他开始转而向文学奖投稿。2015 年，宫泽伊织以《诸神的步法》斩获了日本科幻文学界的重要奖项"创元 SF 短篇奖"，转型创作科幻小说。这部《诸神的步法》虽然公开时间晚于出道作，创作时间却早于《我的魔剑废话很多》。回归本心的宫泽伊织受到日本科幻文学的中流砥柱早川书房的邀请，正式连载科幻小说《里世界郊游》。这部作品吸收了部分轻小说的角色塑造方式，更主要的还是"硬核"的科幻设定与意想不到的剧情设计。怪谈与异世界的结合方式，搭配冒险的主线，为作品增加了几分惊险刺激的阅读体验，天马行空却又符合逻辑的设定往往能够让人深陷其中。这是只属于"宫泽流"的异世界。

千本樱文库编辑部

THE LIGHT RENAISSANCE

轻的文艺复兴

轻文艺是介于轻小说与纯文学之间的分类。与轻小说一样，轻文艺较多使用配色浓烈鲜明的背景与人物形象的立绘作为封面。而在内容方面，除了汲取轻小说中"剑与魔法""异能""机械"等常见要素，更加注重构筑世界观，合理搭建人物关系，使其充分服务于剧情发展，因此轻文艺更加具有逻辑性，作品完成度更高，并非只依托于"角色力"。而与纯文学相比，其天马行空的想象力、更受年轻读者喜欢的角色，以及融入流行文化的余味，都充分诠释了"轻"的概念。作为类型文学的重要分支，轻文艺不仅体现着文学的功能性，更将娱乐性发挥得淋漓尽致。

说到轻文艺的起源，离不开轻小说的发展。21世纪初，轻小说曾经涌现出大量内容丰富的杰出作品，读者群体涵盖甚广，题材百花齐放，文学性与娱乐性都非常高，当时堪称轻小说的"黄金时代"。但随着动画市场的商业化运作愈发成熟，轻小说逐渐受到形象商务与媒介联动的影响，"萌文化"与"角色力"逐渐占据主导地位，如今轻小说的受众群体范围在逐渐缩小。近年来，轻文艺的涌现也正是适应了读者的需求与时代的改变。

轻的文艺复兴旨在再现当初轻小说"黄金时代"的繁荣，遴选当下具有代表性的轻文艺作品，其中既有口碑甚好的名作，也有个性鲜明的新作。宛如文艺复兴运动，将曾经辉煌过的流行文化，推荐给这个时代的读者们。

千本樱文库

contents

目录

Otherside Picnic

Otherside Picnic

档案20
出生于庙堂的 T 先生

1

我关上公寓大门，匆匆上锁，向大学跑去。

今天起床后脑子昏昏沉沉的，出门比平时更晚。一方面是想着今天的课在下午，不用太赶；另一方面是因为眼睛不舒服，梳洗收拾花了更多时间。

从我家走到大学需要十分钟，但出门时离上课时间仅剩八分钟了。我沿着小区狭窄的巷子拐弯，再拐弯，躲开沿路的车辆，跑上公交专用道，气喘吁吁地前进。才四月上旬，天气却已经转暖，就算能在上课之前潜入教室，应该也会浑身冒汗吧。要是在大教室上课，还能躲在后排，偏偏今天的课堂内容是小组讨论，在小小的研究室里开展，人也不多。

我的名字是纸越空鱼，是一名住在埼玉的平平无奇的大学生。

今年四月我就大三了。

按照入学时的规划，我在大三这一年选了文化人类学的小组讨论课程。上周是第一次组会，只是简单地和讲师、同学打了个照面。因为怕生，我很紧张，甚至已经忘了当时说过些什么。

我穿过学校大门，从广场中间横穿而过，跑向熟悉的人文学院。

"啊……"

因为跑得太快，我的脚尖被减震带绊住，还没来得及反应，身体已经向前倒去。

这时，有人轻轻扶住了我。

"啊，你没事吧？"

"不……不好意思——"

我慌乱地抬起头，看向这个在危急关头伸出援手的救命恩人。

柔顺的金发、白皙的肌肤、长睫毛下蓝色的眼瞳，以及隔着衣服也能看出的修长四肢和优美身形，这是一个美得像画中人的女子。不知为何，女子的左手戴着显眼的黑色皮手套，莫名很适合她神秘的气质。

——咦……

我愣在原地，忘了道谢。女子担心地看着我，眉头拧了起来。

"空鱼，你的眼睛怎么了？"她问道。

我下意识地将手伸向右眼的眼罩。上周开始，我右眼的视力突然退化，视物模糊。我还没习惯只有一只眼睛的生活，刚刚差点儿摔倒也是这个原因。

"啊，没事。什么事都没有。"

"没事？"

女子的眉头皱得更紧了。

"我就说嘛！纸越学姐果然不对劲。"

金发女子身后出现了一个短发女孩儿。上周末她突然在学校食堂里和我搭话，还叫我"学姐"。但我根本不认识这个人。我说她认错人了，她却一脸莫名其妙，一直缠着我不放。我觉得很可怕，于是逃走了。

"也不接电话……虽然一直以来都是这样。直接去找她时，她却好像不认识我一样直直地走过去了，一开始我还以为真认错人了呢。跟学姐打招呼时她也呆呆的，还跑了，就像失忆了一样……"短发女孩儿突然捂住嘴，瞪大眼睛，像是想到了什么。她心虚地压低声音继续说着，"难不成学姐还在介意那天晚上光溜溜地跳舞的事？要是那样……呃，没关系的，大家都喝醉了，也不太记得了……"

光溜溜地跳舞？什么？她肯定是认错人了。我怎么可能干那种事！

"请……请让一下，我要迟到了！"

意外的是，我轻轻一推，金发女子就让开了。不知道她们把我认成谁了，但现在我无暇顾及其他，再次跑了起来。来到学院大楼门口，我回头看了一眼，那两名陌生女性站在原地一脸疑惑地注视着我。

明明应该感到疑惑的是我才对。

幸好这时电梯来了，我冲进电梯，按下研究室所在的三楼。门关上后，我浑身酸软地靠在墙上，趁着电梯上行的短短几秒钟，一边调

整呼吸，一边思考着刚才发生的事。

叫我"学姐"的女生和另一个金发女子都是一副认识我的样子。怎么回事？我和某个人长得很像吗？这是最说得通的解释了。

可是——

——空鱼，你的眼睛怎么了？

她叫了我的名字。

那个短发女生也喊我"纸越学姐"。

我们……在哪里见过吗？

"怎么……可能……"

就算我再怎么容易发呆，对其他人再怎么漠不关心，那么好看的人只要见过一次就不可能忘记。刚才，虽然我只是匆忙地看了一眼，但她的相貌已经给我留下了深刻印象。

我闭上眼睛，黑暗中浮现出金发女子一脸担忧地盯着我看的样子。这只是回忆而已，却让我烦躁地睁开了双眼。就算被人那样看着，我也无能为力。

电梯在三楼停下了。没等门完全打开，我就蹿出电梯，跑过走廊，冲进了开着门的研究室。墙上的挂钟正显示出一点半，勉强赶上了——但教授和其他学生此刻都已经端坐在座位上，这让刚刚慌张地跑进来的我有些难为情。好在其他人也只是看了我一眼，什么都没说。我松了口气，坐到空着的座位上。这里的学生加上我一共有十二人。

研究室里设有大面玻璃窗，光线很明亮。我身后那一整面墙都是书架，被日文和外文书籍塞得满满的。我们围坐在一张方形长桌旁，各自占据着一把折叠椅。

我从包里拿出笔记本和文具，感觉自己总算活过来了。教授似乎瞅准了这个时机，用平易近人的语气说道："时间到了，我们开始吧。"

阿部川教授是这所大学文化人类学研究室的首席教授。他正当壮年，穿着西装，打着领带，头发梳得很光亮，戴着一副银边眼镜，乍一看就像某个大公司的职员，只能从那张被晒得黝黑的脸上看出他曾在野外待过很长一段时间。

"上次见面，我们聊的关于讲师的内容比较多，因为时间不够，没能深入讨论大家的兴趣爱好。我们的文化人类学主要是为了深挖大家的研究课题，最后写出一篇毕业论文，但既然难得有机会和其他同学讨论——也可以和我讨论——请大家踊跃发言。接下来就轮流讲一下自己想研究的课题吧。我负责计时，你们坐着说就行。"

"啊，是！"

突然被点名的学生吓了一跳，连忙回答。这是一个模样稳重的男生，看着像是文化系的。

"我叫荒山。那个，其实我还没有很明确的想法……"

"没关系，你说吧。"

"好的。那个，我对非洲文化比较感兴趣，尤其是美食。"

"上次你好像也是这么说的。具体是对哪方面比较感兴趣呢？"

"高中时我有个同班同学来自卢旺达①，当时我们班决定在文化祭上卖吃的，我问他能不能做一些卢旺达菜时，他看起来非常为难。我以为当地没有什么特色菜，追问之下，他却否认了，也教了我正宗的卢旺达家庭料理，但表情好像不是很情愿。要是我到了外国，别人让我做日本料理，我应该会想到寿司啊，寿喜烧啊什么的。或许是我们俩对'地方特色菜'的理解完全不同吧——这就是我对非洲料理产生兴趣的契机。"

"嗯嗯，真是一个有趣的故事。那么，荒山同学对非洲美食感兴趣，却不想成为厨师，而是来研究文化人类学，这是为什么呢？"

"欸……您这么一说，我确实没考虑过这个问题。"

"这或许是一个重点问题。对你来说，提到'料理'，最重要的不是'制作'，那又是什么呢？哪怕同为日本人，荒山同学心里的'料理'，和每天准备一家人饭菜的妈妈心里的'料理'可能也是完全不同的两个概念。如果只着眼于'日本人眼中的料理和卢旺达人眼中的料理'这个角度，写出的论文就太无聊了。各位同学在大一、大二打基础时，应该也听过很多次文化人类学的研究方法之一——人种志，能从研究者的个人体验和反应里读出重大的意义。和社会学以及其他以现代社会为研究对象的学科相比，这是我们学科最大的特征。所以，对你来说，'料理'到底是什么？这不仅是一种个人的感受，

_____

① 卢旺达共和国，非洲中东部国家。——译者注

也是课题的核心部分。这是个很有意思的课题。"

之后，众人又就饮食文化聊了一会儿。有人问"如今拉面和咖喱也被归为日本料理了，我们在国外介绍日本料理时，第一个想起的会是什么呢"，有人说"国外也有主打拉面的日料店""卢旺达的大屠杀[1]是不是对当地的饮食文化造成了影响"……一番自由讨论后，轮到了下一个人发言。

学生们按顺序介绍自己感兴趣的课题，并对彼此的课题发表评论。我沉默地坐着，感叹着这些人可真能说。一开始讲卢旺达菜的时候，荒山虽然说自己没有明确的想法，但也有明确的故事和契机。

我紧张地等待着，然后终于轮到我了。

"那，下一位——"

"啊……我是纸越。我也只是有些模糊的想法。"

"嗯，请讲。"

"我想研究可爱的东西。不同文化背景下，人们心目中可爱的东西也有所不同。每个国家对吉祥物的品位也完全不一样。但近年来日本的吉祥物也开始在其他国家火起来了，像Hello Kitty什么的，感觉和以前相比有了一些变化。"

我感到周遭的人都有些诧异。迄今为止没有对我表现出一丝兴趣的同学们，都向我投来了意外的眼神，阿部川教授也一样。我有些疑

---

[1] 卢旺达种族大屠杀，发生于1994年，是胡图族对图西族及胡图族温和派有组织的种族灭绝大屠杀，共造成80万—100万人死亡。——译者注

惑，停下话头。

"呃……怎么了？"

"你是纸越同学，对吧？"

"是的。"

"怪谈呢？"

"欸？"

"上周自我介绍时，你不是说自己对怪谈①故事感兴趣吗？虽然想研究妖怪的学生每年都有，但今年的课题还挺新鲜有趣的，我还跟其他老师说了呢。"

"有这回事？"

我上次这么说过吗？记不清了，是因为太紧张了吗？

"'可爱'也是个不错的研究课题，但你一直以来都对实话怪谈感兴趣吧？是心境发生了什么变化吗？"

"那个……"

"民俗学研究者中，也有人反感'民俗学'等于'妖怪'这种说法，禁止学生研究妖怪课题，但我们学校不会这样。毕竟我们学科的研究对象可以是人类的一切活动。你要是自愿更改课题当然可以，但要是因为有什么顾虑，还是再仔细考虑考虑比较好。"

围坐在桌旁的学生中也有几个人点头表示同意。

---

① 指日本的灵异恐怖故事。——译者注

"上次听了你的介绍，我也觉得这个主题很有意思。"

"对啊，之前我都不知道有实话怪谈这个领域。"

"以前我经常看网上的恐怖故事合集，好怀念啊。"

令人意外的是，他们纷纷对这个课题表示肯定。我还以为自己会被当成怪人呢。

的确，我之前对实话怪谈产生过兴趣。从他们的话来看，上周组会上我还亲口说过自己想研究这个课题。然而，我却在不知不觉间放弃了……

为什么呢？

我的手下意识地抚过右眼的眼罩。

总觉得有什么不对。这只眼睛，从什么时候开始看不见了？

上周。

上周的什么时候？

——什么时候呢？我不知道。开组会那天发生了什么？再之前又发生了什么？

会有这种事吗？惯用眼看不见了应该是件严重的大事，我却记不清发生了什么。

我脑海中又一次浮现出那名金发美女的脸。

从她的口气来看，她认识我。

难道我上周见过她？

如果是这样，当时又发生了什么？

一片混乱中，我突然感觉到一道视线，于是抬起头。

坐在斜对面的学生正死死地盯着我看。

是一个短发的男生，坐得很端正。上次组会他应该也参加了，但不知为何，他给我留下的印象比其他人更深刻。我们是说过话吗？组会结束走出教室时，他好像对我说……还是说，那只是梦？

我们视线相撞，男生眨眨眼睛，把头转开了。

总觉得意识有些昏沉，脑子里像蒙着一层雾。我拼命地回忆，脑海深处浮现出了一个单词。

想起来了。他当时说，自己是庙堂出身——

2

庙堂出身……庙堂出身？

我在学院大楼的走廊里一边走一边思考着。

庙堂出身到底是什么意思？因为是庙堂出身，所以呢？

上次组会我们做自我介绍了吗？好像做了。一般来说都会做的吧，毕竟是第一次见面。他是在自我介绍时说的吗？

因为是庙堂出身，所以选了宗教作为研究课题？不，今天的组会上这个男生并没有提到宗教。他的课题只不过是——

"咦？"

我疑惑地停下了脚步。

那个人，当时说什么了？

其他人的课题我还是有印象的，因为每个课题都很有趣。

第一个男生的课题是非洲料理；第二个男生想研究的是美丑概念的差异；然后是一个有工作经验的人，他想研究第三方派遣和正式员工的文化；接下来的课题是作为不同文化圈交点的推特文化；下一个是亚洲各国男偶像的"粉圈"文化；紧接着是我的课题；之后是游戏作为沟通工具发挥的作用；然后是那个，再然后是……

"欸？'那个'是什么？"

想不起来。我不记得那个庙堂出身的男生说过的话。

在他前后的人说话的内容我都还记得，可夹在中间的他又说了什么？

我回想起众人发言时，男生独自默默坐着的一幕。简直就像旁边的人都看不见这个人一样。

不不不，怎么可能……

我紧闭双眼，试图回忆当时的情景。不可能只有这个人被略过了，他应该说过什么的。

我回想着男生面向众人说话的样子。他用的第一人称是"ぼく"，还是"おれ"，又或是更加礼貌的"わたし"①？总之，那个人应该介绍过自己感兴趣的研究方向和主题。听了他的介绍之后，教

① 文中的三处日语都是人称代词"我"的意思。——译者注

授和其他学生是什么反应来着？

……什么都想不起来。

这时我脑海中的情景发生了变化，这次是男生滔滔不绝地说着什么，其他人面无表情，盯着一片虚空。

一阵恶寒让我睁开了眼睛。

"好奇怪。"

我晃晃脑袋。这不由分说浮现在脑海中的一幕令我不禁感到慌乱。

虽然是白天，这栋楼的走廊里却一片昏暗。其他人都离开了。我有些不安，快步跑下楼梯。

早知道会变成这样，下课时就应该拦住他的。但拦住他之后我要说什么呢？"晚上好，听说你是庙堂出身？"真是莫名其妙。实际上他一下课就匆匆走了，我想拦也来不及。

我下到一层，出了这栋大楼。来到有人的地方虽然安心不少，心里的结却还是没解开。我到底忘记了什么呀？说起来，上课前遇到的那两个人也很奇怪。

"啊！"

原本低着头走路的我慌忙抬眼，扫视四周。刚才我放松了警惕。那两个人要是一直认错人，可能还会缠上来，说不定就等着下课后在这里"伏击"我。

和预料的相反，我并没有看到那两个人的影子。希望她们是放弃了，或者误会解开了。我加快脚步，打算早点儿回家，免得再有什么不测。今天必须参加的课只有刚才的组会。

作为迟到的午饭，我在食堂吃了野菜荞麦面，之后又到小卖部买了果脯面包当零食。身上的钱比我想象中多，这令我有些惊讶——钱包里竟然有五张万元大钞。是刚取完钱吗？我平时也会带着这么多钱出门吗？说起来，我的银行账户里现在有多少钱？一时间想不起来，但经济情况似乎没那么困窘。

欸？

我是这样的吗？

"嗯？"

我揣着疑惑出了校门，沿着公交车道走回家。这是一条郊区干线，素来车流拥挤。大卡车接二连三地飞驰而过。

我一边走一边思考时，迎面走来一位身穿鲜红连衣裙的女性。她长得很漂亮，不知不觉间吸引了我的注意。但要比较的话，还是之前的金发女子更好看。说起来，这件红色连衣裙可真显眼。这种衣服，没点儿自信还真不敢穿。

我正专心观察着这名越走越近的女性，身后突然传来响亮的喇叭声，吓得我差点儿蹦起来。

回过神时，我发现自己已经走上了机动车道。我连忙回到人行道上，一辆豪车从我身边擦过，打着闪光灯停了下来。

完了，走神了。肯定会被骂……

我正打算道歉，豪车驾驶座一侧的车门打开，下来了一名很高的男子。男子虽然身材纤细却不显得瘦弱，给人处事圆滑的印象。他身穿质感不俗的西装三件套，两只大手上密密麻麻都是刺青……

……黑社会？！

我顿感不妙，浑身发冷。男子走过来，居高临下地看着我。

"您没事吧？"

"对……对不起！是我不小心！！"

"不不不，纸越小姐——"

"欸，什么？！"

他也叫了我的名字！为什么？！

我正不知所措，后座的车门也打开了，出现了另一个人。是之前的金发女子！她大步走来，挤进"黑道男"和我中间。

"跟我来。"

"欸？什么？"

"好了，听我的。"

女子一把抓住我的手臂，向车里拉去。这是绑架！我立即稳住脚步试图抵抗。

"住手！放开我！"

"求你了，空鱼，冷静下来听我说。"

我抓住从肩上滑落的背包带子，将包向对方砸去。我心想包里放了书和杂物，相当重，应该能将对方击退。但因为太重了举不高，包以比我预想中更低的角度画出一条弧线，撞上了对方的腰侧。

"呜……"

金发女子痛呼一声，却没放手。我正打算再来一次时，因为惯性，什么东西从包里滑出，"当啷"一声掉在地上。

柏油路上闪闪发光的黑色金属物体吸引了我的视线。

那东西的一半从卡其色的套子里露了出来。是枪。

……枪？

从我的包里，掉出了一把枪？

我一时间没反应过来，僵在原地，这时"黑道男"迅速蹲下身把枪捡了起来。我还以为他会朝我射击，没想到他只是把枪连着枪套藏在了怀里，免得被周围的路人看见。

"为什么会有枪？"

看着茫然的我，金发女子说道："那是空鱼你的枪。"

我呆望着她，没能理解这句话的含义。

金发女子脸色严肃地接着说道："听我说，空鱼。你现在的状态不正常，可能是失忆了。"

"失……忆……"

"我不是你的敌人。相信我。"

她用坚定的眼神看着我，那种气势令人移不开眼睛。我呆了几秒。

失忆？我？

这么一说，倒也有几分道理。有太多细节只能用失忆来解释。不知什么时候失明了的右眼，不知什么时候变了的研究课题，一群认识我、我却不认识的人……最后是不知为何出现在包里的手枪。

我一边整理着思绪，一边小心翼翼地开口。

"那，你是……什么人？"

"欸？"

"不是敌人的话，你是我的什么人？"

她用力地抓紧了我的手臂，声音带着怒气。

"我们是'世界上最亲密的关系'。"

"欸……"

这回答比我想象中的更有分量，我一下子慌了。

"……你和我吗？"

"没错！"

金发女子突然大发脾气。这人怎么回事……虽然长得好看，脾气却很吓人。是什么黑道千金之类的人吗？

金发女子瞪着害怕的我，不耐烦地又一次拉起我的手。

"行了，快上车！带你去医院看病！"

"不，可是……"

"没有可是！要是撞到头就麻烦了，快点儿！"

就算撞到头，我也没傻到乖乖听话坐上"黑社会"的车辆的程度。正常人都会逃跑或者呼救吧。女子说要带我去医院，但只要我想去，我自己也能去啊。

但她的视线让我犹豫了。对方似乎因为我的举动感到恼火，那奔拉着的眉毛和水汪汪的眼睛都在述说着她的担忧。

"我明白了。"

我犹豫着点点头，感觉到女子紧绷着的身体放松了下来。

"上车吧……"

她再次催促道。于是我任由女子拽着我，战战兢兢地在车后座上坐下。

"黑道男"回到驾驶座，彬彬有礼地说："手枪我先代为保管，等您恢复记忆了再交还给您。"

"呃，嗯。"

车门关上，落锁。轿车轻盈地驶了出去。

金发女子依然拽着我的手，而且我的余光能感受到身旁的她投来的视线。应该是怕我逃跑吧。她的担心是正确的，我打算一有危险就趁等红绿灯的时候逃走。

"手很痛。"

我抱怨了一句。结果她好像更担心了，一言不发地捏紧了我的手。我要是不多嘴就好了。

我的名字是纸越空鱼，一名住在埼玉的平平无奇的大学生。

本该如此的。

接下来，到底会发生什么……

3

轿车在半路上了高速，一路飞驰，引擎轰鸣。从车载导航上显示的信息来看，我们正在开往市中心。金发女子和"黑道男"一路无言，我忍受着车里令人窒息的氛围。过了大约四十分钟，车子终于停在了某幢大楼的地下停车场里。

"请吧。""黑道男"打开车门说道。

看样子是让我自己下车。我下了车，在煞风景的水泥地上站定。金发女子也跟着下来了，她仍然紧抓着我的手。

男子在前面带路，等我们都进了电梯便按下关门键，用一把小钥匙打开楼层按键下方的小面板，开始鼓捣里面的按钮。待电梯开始上升，他又将面板关上了。

"这里是医院……对吧？"

进入这幢大楼时，透过车窗，我看见广告牌上写着"健康保险"等字样，但停车场里车辆寥寥无几，大楼的构造也不太像医院。

"准确来说，应该是一家私人的医疗机构。""黑道男"彬彬有礼地回答。

"不是医院吗？"我语气生硬地问道。

一旁的金发女子打断了我的话："没事的。"

"你说什么？怎么——"

"这里的人都不是空鱼的敌人。相信我。"

她的语气很诚恳，像在请求。我不由得屈服了。

但在毫无根据的情况下，要我怎么相信你……

电梯在某一层停下了。明亮的白炽灯照射着白色的墙壁，四下里弥漫着药味。起码这里应该是一家医疗机构。

"请走这边。"

我被带进了一间门诊室，坐在桌前的白衣男子抬起头来。是一名戴着眼镜、脑门儿光溜溜的男性。看他的打扮，像是个医生。

"噢，纸越小姐。请坐。"

医生像老朋友一样打了个招呼。我依言慢慢在椅子上坐下，问道："您……也认识我吗？"

"嗯，我给你检查过好几次呢。听说你失忆了？"

"他们是这么说的。"

"黑道男"和金发女子都没离开，站在靠墙处看着我。他们的视线令我坐立不安。

"你的眼睛怎么了？"

"看不见了……"

"什么时候开始的？"

"可能是上周？"

"这也不记得了？"

"记不清了。"

"去医院了吗？"

"还没有。"

"为什么？"

我模棱两可地摇了摇头。我也不知道为什么。可能是因为不知道失明的原因，解释起来很麻烦吧。

"能摘下眼罩让我看看吗？"

"啊，好的。"

一旁的金发女子似乎也在盯着我摘下眼罩的脸，随后传来倒吸一口凉气的声音。

"眼睛的颜色……"

"嗯。"

医生面带难色，嘟囔着将裂隙灯凑近了我的右眼。并没有刺眼的感觉。

"右眼的虹膜褪色了……之前明明那么蓝，现在却是灰色的。"

"蓝？"

"嗯，不久前还是这样的。"

他给我看了一张很大的照片，上面是蓝得不真实的瞳孔。

"这是……我的？"

"你说从上周开始看不见了，是撞到了吗？有疼痛或者其他不适吗？"

"没有，什么感觉都没有。"

走廊里传来急匆匆的脚步声，接着，门诊室的门被猛地打开，一名个子矮小的女生冲了进来。一开始我以为她是个小孩儿，但她身上薄大衣的风格却很成熟。

女生回过头看见我的脸后，惊讶地瞪大了眼睛。

"小空鱼，你怎么了？"

又是一个认识我的人。

"啊，你好……"

见我点头示意，对方的表情越发慌乱了。我的反应有什么问题吗？

"之前完全联系不上你，没想到竟然发生了这种事……怎么不接电话？就算失忆了，电话总能接吧？"

金发女子也在一旁频频点头。她们俩都联系过我吗？

"抱歉，那个……因为很吓人……"

"什么？"

"手机里只有一些陌生的名字和号码，令我很害怕。我就关机放着没管。"

"原来如此……"金发女子恍然大悟地轻声嘟囔道。

门诊室一时间吵闹起来，医生举起手说道："一会儿再聊，先做几项检查吧。可以吗，纸越小姐？"

"要花多少钱？"

我的询问令医生很是意外，但他马上反应过来，装模作样地压低了声音。

"现在的话，免费。"

"那就拜托了。"

医生把其他人赶出房间，开始为我做检查。我换上一件长袍似的衣服，先做了抽血、测血压、X光等普通的体检项目，然后被带往各个房间，用甜甜圈形状的大型机器拍摄了头部切面图，眼睛对着带透镜的机器接受光照和气流喷射。每次检查，都有不知从哪儿冒出来的女护士协助我进行操作，我趁着检查的间隙询问她们是否认识我。

"当然，我们见过好几次了。"

"是吗……"

"之前你拿枪救过我。太帅了。"

……我以前到底干过啥啊？

所有检查和问诊起码花了一小时以上。之后，我又坐回门诊室的椅子上，对面是医生，身旁则围着金发女子、"黑道男"和刚才那个矮小的女生。

医生端详着屏幕上显示的检查结果，皱起眉头转向我。

"关于你的眼睛——你失去了右眼的视力。不可思议的是，除了虹膜褪色之外，眼球没有任何异常。既没有受伤，晶状体、视神经和结膜也没有病变。只是褪色了……失明了而已。"

"失明……"

再次听见这个词，我才意识到问题的严重性。

"眼睛以外的地方也都很正常。脑出血、血肿、脑卒中……都没有迹象，头部也没有伤痕。和上一次来时一样，很健康。"

"但空鱼失忆了？"

对金发女子的提问，医生为难地点点头。

"从问诊结果来看，纸越小姐不记得这里的所有人，也忘了DS研的存在和关于UBL的一切。但大学和日常生活的相关内容都记得。她出现了部分失忆，或者说随机失忆的现象。"

"失忆的原因是？"

"没有脑损伤，只是一只眼睛失明，身体的其他部位没有出现麻痹感，所以也不是血管的问题。虽然纸越小姐对事物的理解和判断能力确实有些下降。脑震荡并不一定伴随外伤，如果是脑震荡导致的失忆，我们只要等着她恢复就可以了。但也有可能是年轻性的老年痴呆。不太好判断，非要给个诊断结果的话，我倾向于疑似路易体痴呆，需要再做进一步的精密检查。"

"老年痴呆？！"

我大吃一惊。不仅失明，还老年痴呆？在这个年纪？

"空鱼……"

金发女子靠过来，牵住坐在椅子上的我的手，泪眼汪汪地盯着我看。我有些心虚地抬起头。

"你真的一点儿都不记得我了吗？"

"嗯……"

我如实回答，她看起来快哭了。看得出她非常忧虑。虽然我还没能相信自己竟然跟这么好看的人关系要好，但她的眼神、对待我的方式中全都是关心，不像是在说谎的样子。

旁边的小个子女生皱起眉头，露出不悦的表情。她应该也是在担心我，看着却像在生气。是在生我的气吗？我不明白。

"你和我之前关系非常好，对吧？"

听了我的话，金发女子屏住呼吸。

"没错。"

"抱歉，没能想起来。"

"没关系……"

她摇摇头。我一边整理思路，一边接着说道："你说……我们关系很好。"

"嗯。"

"那……那个，也就是说……"我咽了口唾沫，小心翼翼地询问，"莫非，我们……是亲姐妹吗？"

"欸……"

金发女子僵住了。

她一动不动，眼睛一眨不眨地看着我。

"欸、欸？说错了？我只是感觉——"

"为什么会有这种感觉呢？"

她依然注视着我，表情也没有丝毫变化。

"欸，因为你说关系很好……我还以为是亲人什么的……"

金发女子抓着我的手放开了，无力地垂在一边。

"嗯？"被对方无言地注视着，我害怕起来，"那个……"

下一秒，左脸传来一阵疼痛。

我花了一段时间才反应过来，她给了我一巴掌。

"仁科小姐——"

"喂，你在做什么？！"

身后的"黑道男"和小个子女生叫了起来，但金发女子充耳不闻。她呆呆地看着我，右手还悬在空中。

这只手再次挥起，给了我脑袋侧边一拳。

"好痛……等一下！"我站起身，却被金发女子一把抓住，"快住手啦！你在干什么？！"

比起生气，我更多的是困惑。对方从始至终绝望的表情让我不知该如何反应。比起无辜被揍的愤怒，对方毫无道理的行动更令我害怕。

"仁科小姐，你怎么了？"

"黑道男"抓住金发女子的肩膀，但她没有回头。

"空鱼……坏掉了。"

金发女子自言自语着，又给了我一巴掌。她一开始似乎是想打我的头顶，但因为肩膀被按住，威力减半的巴掌落在了我的脸颊上。

"哎呦……"我转过脸甩开她的手，终于开始恼火了，"很痛啊！放开我！"我嘶喊着挥开她纠缠不休的手臂。

"你们这些蠢蛋都冷静点儿！为什么在这里吵架啊？！"

小个子女生冲过来拦在中间，但金发女子依然挣扎着要打我。

"坏掉了……"她眼神空洞，喃喃重复着。

"你打也打不好啊！人可不是昭和年代的家电！"

"我不知道。或许会好呢？毕竟——"

她的话戛然而止，像是突然想起了什么，茫然的表情恢复了正常。女子眨眨眼，失焦的眼神也恢复了。

"——毕竟，之前治好过啊！"

说着，金发女子脱掉左手的手套，露出一只透明的手。我简直怀疑自己的眼睛。那既不是玻璃，也不是水，是一只美丽的、透明的手……

在所有人的注视下，金发女子高高举起左手，又给了我的右脸一巴掌。

"好痛！你这家伙……"

"快住手！我明白你很忧虑，但你先住手！"

"仁科小姐，请冷静——"

"没错，不能这么打头的——"

众人相继大叫起来。就在场面即将再次陷入混乱时，金发女子大喊一声。

"安静！"高亢的声音让门诊室恢复了寂静，"都安静，让我集中精神。"她压低了声音再次说道，随后把我带到墙边。

"慢着！别推我！"

比我高一个头的女子看着愤愤不平的我，说道："乖乖待着，空鱼。"

"啊？什么？"

"我要用左手碰你了。别动。"

"你什么意思？"

她没理睬我的话。那只透明的左手慢慢靠近了。她要做什么？总觉得这只手的内部有光芒在跃动，是我看错了吗？

透明的左手碰到了我的脸。

"呀——"

好冰！我不由得往后一缩，却被后面的墙挡住了。

"别动。"

女子用右手抓紧我，左手开始在我脸上滑动。她闭着眼睛，像是在集中精神感受手里的触感。

"不在里面……但好像……有什么……"

她说着些我听不懂的话，但似乎不是对我说的。

"不对……不是这样……是不见了？"

——这家伙到底在干吗？

其他人也惊呆了，但并没有要阻止的意思。我有些紧张地观察着情况，当她的手指开始撬我的右眼眼皮时，我终于忍不住了。

"慢着，那里是眼睛！"

"忍着。"

"你认真的？"

可怕的是，她是认真的。冰冷的手指扒开我的眼皮，触碰到了眼球表面。我不由得缩起身体。

咦？

不痛。能感觉到女子的指尖慢慢划过眼球，但仅此而已。

难道我在失明的同时也失去了痛觉？我什么也做不了，只能站在原地感受着触碰。虽然不痛，但这种有生以来第一次体会到的感受令我浑身起了一层鸡皮疙瘩。

接着，是一种更恐怖的感觉。

触碰着我的眼球表面的手指，就这么钻了进去。

"呜啊啊啊！"

我不禁发出了惨叫。手指戳进了眼球里！虽然我看不见，但这种感觉，没有其他答案了。依然不痛，但问题不在这里。再怎么说，这也太过分了吧！

"你在干吗？快住手啊！"

"吵死了！别动！"

我在恐慌之下大叫起来，没想到反而被吼了，就像做错事的是我一样。这家伙到底怎么回事啊……

透明的手指在我的眼球里搜寻着什么，指尖向内潜入了头部深处……等等，也就是说，她都够到我的大脑了？

在我几近晕厥时，耳边传来金发女子的呢喃。

"找到了。"

在眼球的更深处，我感到手指抽动了一下。

脑袋里传来一种柔软的感觉，有什么被放了出来，就像是解开了塑料袋口系得紧紧的死结。

袋子里的东西满溢而出。一种火辣辣、麻酥酥的感觉从右半边脸扩散开来，像汽水咕嘟咕嘟地往外冒泡，又像坐麻了的腿正在恢复。在强烈的刺激下，我发出了呻吟。眼睛里的手指拔了出来。

"呜……"

眼部传来一阵令人忍不住痛呼的酥麻，与此同时痛觉也回来了。我捂住脸蹲下身，泪水不住地从右眼中涌出，就像眼睛里进了睫毛一样。

又过了一会儿，疼痛感逐渐消失。虽然还是一抽一抽地痛，但不至于睁不开眼睛了。我战战兢兢地抬起眼皮。

"……啊。"

泪眼蒙眬中，现出了我自己的手掌心。

我的右眼看得见了。

我抬起头时看见了金发女子，她的名字自然而然地从我嘴里脱口而出。

"……这不是鸟子吗！"

鸟子重重地呼出了一口气，摇摇晃晃地在我刚刚问诊的椅子上坐下了。

"小空鱼……你恢复记忆了？"

我看向小樱，想回答她的问题，眼球一动，又是一阵剧痛。我不由得捂住眼睛。

"我……我的眼睛怎么样了？"

汀扶着走路不稳的我在房间里侧的病床上坐下。

医生拿开我的手，用裂隙灯照了照我的右眼。

"恢复了……可以这么说吧。"

医生半信半疑地嘟囔着。我接过对方递来的镜子，发现自己的瞳孔已经恢复成了平时鲜艳的蓝色。大概是因为鸟子用手指戳过，眼白充血很严重，眼睛周围也肿了起来。

"你现在看得见了？"

"看得见。"

"记忆呢？还记得我们吗？"

"记得。"

我再次环顾门诊室里的众人。鸟子、小樱、汀，还有……

"欸……"

"怎么了？"

"抱歉，那个，只有医生你和护士小姐的名字我记不起来。"

"嗯，可能是因为我们没说过自己叫什么吧。"

"啊，那没事了。"

"没事了啊……"

鸟子依然呆呆的，在椅子上缩成一团。见她喘着粗气默默看着我们，我有些担心地开口问道："鸟子，你没事吧？"

她长出一口气。

"……累了。"

"累了？"

"因为刚刚注意力高度集中。"

鸟子的视线落在了自己的左手上。她慢吞吞地试图将刚才戳进我右眼的手指塞回手套里。

"啊，现在不能戴。"

护士连忙递过一张消毒湿巾。擦了就能戴了？是擦不擦的问题吗？总觉得好奇怪，可能护士也被吓坏了。因为激烈的暴力行为和治疗同时发生的缘故，包括我在内，房间里的所有人都处于半梦半醒的状态。

"总之……再检查一下眼睛吧。看看有没有受伤……"医生调整了一下情绪，说道。

4

我又做了一次检查，眼睛没有受伤。褪去的蓝色恢复了，记忆也恢复了。要说发生了什么，我只能用"治好了"三个字来描述。我重新做了一次脑部CT，颅脑断层也没有异常。

"手指当时明明都戳进脑子里了……"

医生盯着黑白片子看了好一会儿，自言自语地说。看上去还没能接受这个事实。

"我先给你开抗菌滴眼液吧。你回去静养一段时间，看看情况，要是还有哪里不对就马上联系我。"

"哪里不对具体是指？"

"眼睛感觉异样，头痛头晕，恶心呕吐，起身时眼前发黑，异常疲劳，全身乏力……"

"乏力也算吗？阈值是不是有点儿太低了。"

"你听好，眼睛可是大脑露出体外的一部分。切掉大脑里的一根血管，人就可能会死。不能因为症状轻微就不当回事。"

"呃，好的……"

莫名其妙挨了一通训之后，我终于被放了出来。

我出了门诊室，道了谢，关上门。大家都很担心我的眼睛和大脑，但被狂揍了一顿的脸却无人问津。嗯，虽然能理解两件事不是一个重量级的，但这可是人家的脸啊……

我闷闷不乐地来到电梯间，坐在接待室里等着的鸟子、小樱和汀回过头来。

"空鱼！"

鸟子跑过来一把抱住我。

我茫然地也抱了抱她。这样做应该是对的吧。

"抱歉，让你担心了。"

"我都担心死了。"

"还有，谢谢你……治好了我。"

我道完谢，想要松手，鸟子却紧抱着我不放。

欸……这种时候，我该怎么办？

更用力地回抱她？但小樱和汀在一旁看着，好难为情。

我没办法，只好拍了拍她的背。鸟子没生气，看来这样的反应不算错。

"你怎么知道那样能治好我？"

"自然而然地就那么做了。"鸟子把脸埋在我的肩头，回答道。

"自然而然地把手指戳进别人眼睛里？"

"我也不知道为什么，一碰到空鱼的脸，手指就自己动起来了。"

"这样啊……我能再问一个问题吗？"

"嗯。"

"为什么打我？"

鸟子的身体一下子僵住了。

"回答我。"

"因为空鱼你变得很奇怪嘛。"

"确实很奇怪，但你的做法也挺离谱的。"

"之前就是那么治好的。"

"之前是？"

"遇到'扭来扭去'[1]的时候。"

意想不到的答案令我懵了。仔细一想，确实如此。当我与"扭来扭去"四目相对，失去理智时，是鸟子一巴掌将我打倒，让我恢复了理智。

"就……就算这样，你怎么突然……"

"那你想要我怎么做？道歉吗？"

"啊？"鸟子突然松开手，看着我。"什么……你在说什么？"

"空鱼，你还记得自己说过什么吗？"

"欸……"

被揍之前？当时我说了什么来着？

呃……

我们面面相觑，陷入了沉默。

"那个……不算数。"

我小心翼翼地说。鸟子面无表情地点点头。

我跟在鸟子身后回了座位。看着我一屁股坐在鸟子身边，对面的小樱问道："医生说了什么？"

"他说一切正常。"我简单地回答。

小樱犹疑地皱起眉头。

---

[1] 《里世界郊游1》中出现的扭动着身体、跳着舞的白色人影似的怪物。——译者注

"真的？"

"只给我开了眼药水。"

她看上去越发怀疑了。汀注视着我的脸说道："没事就好。不过刚才的场面真是令人难以置信。"

"刚才的场面？"

"很久没见过有人把手指插进眼睛里了。"

好可怕的一句话。

可能是发觉了我的害怕，汀又找补了一句。

"啊，是很早之前的事了。我也只见过那一回。"

毫无意义的找补。一瞬间，我想问问那个人后来怎么样了，但感觉不会是什么好事，所以又放弃了。

"你的脸好像有点儿肿？"

小樱仰头端详着我的脸。

"很明显吗？"

"也没有，但还是冰敷一下比较好。"

"我去取毛巾吧。"

汀站起身，消失在楼梯的方向。

我用余光瞟了一眼鸟子。

"你看，都怪你下手那么狠。"

"对不起……"

这次鸟子老老实实地道了歉，肩膀也塌了下来。

"不过我也能理解啦。我有时候也挺想揍小空鱼的。"

"小樱小姐？"

"幸好你不是老年痴呆，路易体痴呆这个结论我还是比较赞同的。"

"刚才医生也提到了这个名字。这是什么病啊？"

"问我不如去问医生……"虽然这么说，小樱还是向我进行了说明，"人的脑神经细胞上长了一种叫作路易体的蛋白块，从而引发的病症就叫作路易体痴呆。这种病有三个主要特征。第一是认知功能障碍，患者通常难以理解自己所处的状况和对话内容，意识不清；第二是帕金森症，动作变得僵硬笨拙，自主神经失调，无法控制身体；第三是视幻觉。"

"意思是会看见幻觉？"

"没错，比如看到陌生人藏在屋顶偷看，或者老鼠、蛇这种恶心的生物绕着餐桌爬来爬去，又或者是去世的家人坐在床边……"

小樱浑身发抖，看来她自己也害怕了。

"这简直就像是……灵异现象？"

"对啊。但这些都是幻觉，虽然在本人眼中和真的一样。另外，它虽然叫作视幻觉，但也包含了视觉以外的症状。比如感觉被人触碰，明明没人却听见说话声，感觉有人站在自己背后……患者会把墙上的污渍和布料褶皱看成人脸，以为地板和墙在晃动；看到不存在的门和楼梯；还有人看到不存在的贼进入自己家偷走了东西……"

一直默默看着自己左手的鸟子突然抬起头说道："这好像是……"

小樱微微一笑："你发现了？就是这样。我一开始也猜想过，你们这些与'里世界'有关的体验会不会是路易体痴呆导致的。实际上人们口中的'灵异现象'，很多也都是路易体痴呆引发的幻觉，尤其是那些高龄人士住院时遇见的'灵异现象'更是如此。"

"哦哦，就是躺在病床上看见死神之类的？很常见呢。"

回想起迄今为止读过的无数医院怪谈，我也觉得这说法不无道理。

"但要把一切都归咎于路易体痴呆也不太可能。遇见'灵异现象'的不只有老人，就算年轻人得了老年痴呆，出现症状时应该也会发觉。"

"也是。这么多人同时看到一样的东西，也有丰富的物证，要把'里世界'当作纯粹的幻觉实在是牵强了。"

这时汀回来了，递给我一条夹着冷却剂的湿毛巾。我把毛巾敷在脸上，感觉火辣辣的皮肤顿时舒服了不少。

众人都冷静下来。这时鸟子再次问道："所以……发生什么事了？"

"我记不清了。上周开组会的时候好像发生了什么，在那之后，我就失去了右眼的视力和'里世界'相关的记忆。"

"当时发生的事还是想不起来？"

"可能脑子被堵住了。"

见鸟子朝我探过身子，我躲远了些。

"不需要你再把手指戳进来。"

"我只是想看看你的眼睛。"

"都让你不要一直盯着看了。"

我正忙着躲避鸟子的观察，小樱用带着怒火的口气说道："好好想想吧。很明显，你不是撞到头而失忆这么简单。你的右眼……就当作是失活了吧，这种情况从来没发生过。一定是发生了什么和'里世界'相关，而且非常严重的大事。"

"确实是这样。但再怎么回忆，这部分记忆都已经完全——"

话说到一半，我突然回想起来。

有的，还有一条线索。留在残余的记忆中，很明显是非同寻常的要素。

"——要去找'T'。"

"啊？"

"谁？"

"找'出生于庙堂的T先生'！"

见我突然大喊大叫，小樱投来怀疑的眼神，重复道："'出生于庙堂的T先生'里面的T吗？"

我点点头。

"他也在组会上。没错，失忆的那段时间我都没发现，现在想来他肯定是'T'。"

"你们在说谁？是认识的人吗？我一句也听不懂。"鸟子有些焦急地拉住我的衣袖问道。

"你听不懂也正常。"

"出生于庙堂的T先生"是网上的一个名"梗"。用一句话来总结，他就是一个"反怪谈英雄"。

关于"T"的故事有许多版本，但情节都差不多。

一开始是个普通的怪谈，比如，出现了会引发交通事故的恶灵，女朋友被人头附身，朋友在海边差点儿被黑影拖走……

当主人公陷入危机时，打工时认识的前辈"T"就会出场，大吼一声"破！"。接着，他手里放出的光弹就会把恶灵打飞，或者让人头突然燃烧起来，就这样瞬间解决了事件。"T"飒爽离开后，主人公通常会感叹一句"庙堂出身的就是厉害"，然后，故事结束。

听了我的说明，鸟子一脸不解。

"这也算网络怪谈吗？一点儿也不恐怖啊？"

"网络怪谈也不都是恐怖的啦，这就是个'梗'，一开始让人以为是恐怖故事，最后搞笑一下。因为改编门槛低，还有很多变种。不管是什么怪谈，只要在最后让'T'大吼一声'破！'，就会很搞笑。"

"空鱼，你应该不喜欢这种故事吧？"

"嗯。"

我曾经认真思考过怪谈需要在多大程度上做到"真实"。我对故事中穿帮的细节很严格，故事被当作笑话会很生气，有时候甚至觉得有点儿太斤斤计较了，但我控制不住自己。

"'T'在组会上吗？"

小樱问。我点点头。

"应该是。我记得他说过自己是庙堂出身。"

"欸，就这些？"

"小樱小姐，有在第一次见面时，跟你介绍自己是庙堂出身的人吗？一般人都不会这么说吧。"我对着一脸怀疑的小樱问道，"其他事我都记不清了，只有这句话一直留在记忆里。今天参加组会时我也遇到他了，总觉得哪里不对劲。我想不起来他说过什么，长相勉勉强强能记住，但也不知道他的名字……"

"你平时就记不住别人的名字吧？"

"哦……也是。"

"小空鱼你本来就不关心其他人。"

"也是……"

"我可记得住别人的名字呦！"

"噢，这样啊，那之后就都拜托鸟子了。"

"别把这种工作外包出去啊。"

小樱叹了口气，靠在椅背上。

"就算那个人真的是'出生于庙堂的丁先生'，他打算做什么呢？这个人本来就是打破怪谈的人设吧，他的行动原理和'里世界'的怪物不是完全相反吗？"

"确实是这样。"

迄今为止，我们在"里世界"遭遇的怪物都在想尽办法让我们害怕，无一例外。虽然不知道它们这么做是有意还是无意。不如说，它们到底有没有意识，我们都不知道。和那些怪物相比，"T"很奇怪，因为他一点儿也不可怕。

"我可以说一句吗？毕竟要是找错人就尴尬了……"汀铺垫了一下，说道，"这位'T'有没有可能和'里世界'是敌对关系？如果原故事中的他会打破怪谈，那么现实中的'T'应该也会按照原作的行为模式行动才对。"

"和'里世界'处于敌对关系啊，嗯……看上去似乎是这样的，但……"

"要是这样，那小空鱼失忆的原因可能不在'T'身上。"

"什么意思？"

"比如说，你被某种'里世界'生物袭击时，'T'用'破！'救了你。"

"要按你这么说，我被救的记忆应该也恢复了。"

"那或许是因为'T'也不是万能的？"

"别说万能了，根本就是无能好不好？空鱼不仅眼睛失明了，记忆也消失了，连我都不记得了……"

听着鸟子愤怒的声音，我好像明白了自己为什么会被揍。鸟子想的应该是"竟敢把我也忘了，不可饶恕"之类的吧……也不是不能理解，换位思考一下，我也会生气的。

"还是说，纸越小姐遇到的'T'不是'里世界'生物，而是第四类接触者？”

汀说出了出人意料的发言。

“我都没想到这茬……的确，我们遇到过与怪谈有关的第四类接触者，比如‘牧场’的‘跳楼男’。那么这次也可能是第四类接触者变异成了所谓的‘庙堂出身’。”

“变异成了庙堂出身是指？”

“比如获得了除灵的能力之类的。”小樱皱着眉头打断了我的话，“总觉得让人不舒服。我们靠着小空鱼模糊的记忆在这里胡思乱想也没用。”

“说得也是。不过我遇到‘T’的记忆中，只有这段记忆是清晰明确的，所以……”

“所以我们得先弄清他的真面目。”

“小樱小姐这么积极，真少见。”

“啊？这件事要是不解决，小空鱼你就不能专心学习，还会因为担心而影响自己的健康吧？别说得好像跟自己无关一样！”

“抱……抱歉。”

见小樱真的发怒，我缩起脖子。

“那……我去找一下他。”

“怎么找？”

“我们是同一个研究小组的，见面机会还挺多的。”

“空鱼，我也一起——”

见鸟子要参与进来，我摇摇头。

"我自己能行。鸟子，你自己大学那边应该也挺忙的吧？毕竟刚上大三。"

"话是这么说，可——"

"没事，我会小心的。等你有空的时候，我会叫上你。"

"知道了。"

在一旁听着我和鸟子对话的小樱重重地叹了口气，站起身来。

"那我们回去吧。小空鱼，记得好好跟人家道谢，你行吗？"

"这点小事当然能行！那个，汀先生，抱歉，真的给你添麻烦了。"

"请不必介怀。如果需要人手，随时联系我。"

想到一看就不是什么正经人的汀和他的壮汉接线员同事们在大学校园里乱晃的样子，我不由得苦笑起来。

"啊哈哈……好意我心领了。真的非常感谢。"

我们准备起身离开。我刚把汀交还的手枪放回包里，背起包，抬头就看见一双黑幽幽的眼睛正注视着我，不由得停下了动作。就在小樱身后，沙发靠背处出现了一个小孩儿的脑袋。注意到我的视线，小樱也回过头，然后尖叫一声跳起来，敏捷地越过矮桌，一瞬间躲到了我和鸟子这边。

"欸？这不是之前的女孩子吗？"

看来鸟子刚才也没发现她。那是我们从八尺大人的"门"后带回来的女孩儿，不知从何时起，她站在了沙发背后。

"那……那……那个女孩儿啊……"

小樱上气不接下气地说完，又甩了甩头。

女孩儿什么也没说，只是盯着沙发对面的我们。她穿着一套淡粉色的睡衣。

"她还在DS研吗？"

听我这么问，汀有些为难地回答道："我们四处搜寻，也查不到她的身份。"

"让她这样到处乱跑没事吗？"

"把房门锁上她也会溜出来。"

"欸？那可不太好，还是把门关严实点儿……呃……"

小樱狠狠戳了一下我的侧腹，疼得我直不起腰来。

"干……干吗？"

"本人就在我们面前，注意点儿说话方式。"

"我只是觉得小孩子在这种地方到处乱晃很危险而已。"

"我们也不知道她的名字，该怎么称呼她呢？有暂用名吗？"

鸟子问。汀摇摇头。

"没有。"

"不是吧？"

"因为她看起来不会说话。"

"她会大吵大闹吗？在我家洗澡的时候可费了好大的劲。"

我们把女孩儿带回"表世界"时，她身上很脏，穿着的黑裙子看上去几乎是一块破布了。于是我们把她带到小樱家的浴室里，三人合力把她从头到脚洗了一遍。当时她进行了激烈的抵抗，最终耗尽了体力，把我们仨也累得够呛。

"幸好现在她不怎么叛逆了。给她提供食物和床之后，她就逐渐放松了警惕。教她用厕所确实有点儿难，但只要把排泄物弄到马桶里，并为她做示范，现在五次里面也有三次她会自己用厕所了。"

"这些都是由汀先生你来教吗？"

"毕竟当时的情况……但一些敏感的事情还是让护士来负责。"

鸟子俯下身，和女孩儿四目相对。

"能告诉我们你的名字吗？"

女孩儿面无表情地回望着鸟子。

鸟子再次问道："知道我在说什么吗？我，鸟子。旁边的，小樱。这是，空鱼。那是，汀。"她逐一指着我们，一字一顿地念着我们的名字，最后把指尖对准了女孩儿。"你呢？"

"我不是美智子。"

一直保持沉默的女孩儿突然开口，所有人都吓了一跳。

"你刚刚说的是——"

汀惊愕得脱口而出。女孩儿转向他，继续说道："我不是美智子，大叔，你给我看清楚一点儿。"

而后，她又闭紧了嘴，抬头望着我们。

"她好像说的是'我不是美智子'。"小樱震惊地喃喃道，"她这不是会说话吗？"

"不，刚才那是——"

我和鸟子面面相觑，鸟子点点头。

"很久之前我说过的话，在我们遇见肋户时。"

"也就是说，这个女孩儿似乎知道我们之前对话的内容，又将它复述了出来。"

"欸？"

"第一次遇见时她也是这样，重复了我、鸟子和小樱的对话……"

"啊？为什么要把我也卷进来！"

"我也无能为力呀……"

鸟子看向吵成一团的我和小樱。

"我们起码得给她取个名字吧，感觉好可怜。"

"之后应该能知道她的身份吧。"

听我这么说，鸟子露出了怀疑的眼神。

"空鱼，你真的这么想吗？她可是在'里世界'的'那种地方'被找到的。这孩子应该不是普通的小孩儿吧。"

"不是普通的小孩儿，那她是？"

"我也不知道……"

关于女孩儿，我也思考了很多。

"起码她看起来不像肋户的女儿。"

"嗯，肋户看上去也不像有女儿的样子。"汀在鸟子说完后开口，"我这边也稍微调查了一下，肋户没有孩子，家中就他们夫妻两人。"

"妻子呢？"

"下落不明。至于和两位见面的到底是谁，我们还没查到。"

"果然……"

我想起了我们在咖啡店和"肋户美智子"之间的对话。现在想来，连她长什么样我都记不清了。我甚至有些怀疑，当初的见面是不是幻觉。

"这种想法可能很奇怪，该不会是肋户变成了这副模样吧……"

我有些犹豫地说道，鸟子慢慢摇了摇头。

"我觉得不是。他们俩一点儿都不像啊。"

"嗯，虽然是这样……"

我们见过不少因为接触"里世界"而身体发生了剧变的人，莫非……这个想法一直在我脑中萦绕不去。

令我惊讶的是，小樱也点了点头。

"说实话，我也考虑过这种可能性。"

"欸，小樱你也？"

"嗯，说实话，你们刚把她带回来的时候，我还以为是冴月缩小回来了呢。"

鸟子深吸了一口气，看向一边，似乎有些愧疚。

"哦……"

我看着鸟子的后脑勺儿心不在焉地回答，小樱辩解似的加了一句。

"不过，不可能有这种事，她们长得也不像。"

"是啊，虽然我也不知道她长什么样。"

场面陷入了尴尬的沉默。

虽然没说出口，但我当时也有一些自己的私心。

在那个有着一轮巨大夕阳的地方，追着女孩儿钻进垃圾山时，我恍惚间觉得，自己仿佛在追逐着孩童时代的自己。一方面，大概是因为我的分身指引着我去追她；另一方面，女孩儿拼命奔跑的样子就像往昔的我。

从被邪教洗脑的父母那里挣扎逃离其实是在高中，而不是童年时期——但可能我在逃跑的女孩儿身上找到了那种无依无靠的不安感。发觉这一点后我很难为情，所以难以启齿。

"——那，要叫她什么？"

鸟子打破了沉默。说起来，我们一开始聊的是这个话题。

"我来起名吧。"

听到这句话，鸟子和小樱都用惊愕的眼神看着我。

"小空鱼吗？"

"真少见。"

"可以吧？"

"可以是可以。"

我不想把起名这件事交给对闰间冴月尚有留恋的鸟子和小樱。之

前我的头发长长时也是……这两个人不会只是喜欢"黑长直"吧？虽然觉得不太可能，但我心里的怀疑还是迟迟没能消除。

"你想给她起什么名字？"

"嗯……她说自己不是美智子，那要不就叫她'不是子'？"

我只是随口一说，两人却露出了危险的目光，我有些害怕。看样子这不是个好笑话。

"开玩笑的，我会好好想一想。"

"你最好是。"

小樱叮嘱了一句。我看向女孩儿，她皱起眉头，就像被视线晃到了眼睛。女孩儿突然把头扭到一边，快步跑掉了。

"我们走吧。"

小樱疲惫地说，蹲在一边的鸟子也站了起来。

"那我们先走了。非常感谢——"

我正要跟汀再打一声招呼，汀却好像突然想起了什么。

"啊，说起来，有件事忘了告诉各位。"

告辞又失败了，看样子我们还走不了。

"正好今天大家都在，润巳露娜已经恢复意识了，要见一面吗？"

我回头看向鸟子。之前我自己来的时候，已经见过了。

"我们没什么事要找她吧？"

见我询问，鸟子思考了一会儿，抬起头。

"我想见见她。"

"欸,真的?"

"我想知道,她现在在想什么。"

鸟子的理由,和我上次决定见露娜的时候一模一样。

5

汀带着我们一行人来到第四类接触者专用的住院大楼。白色的走廊两边是连绵无尽的房间,既像病房又像监狱。每个房间都有一面朝着走廊的大窗,但玻璃都雾蒙蒙的,似乎统一进行了设置。透过玻璃看去,房间里像起了浓雾。时而有人影在白色半透明的房间里走动。我感觉自己走在一个水族馆里,旁边是一排排充满烟雾的水槽。润巳露娜的病房就在这条漫长走廊的尽头。

可能是察觉到了我们的气息,润巳露娜已经站在大玻璃窗对面等待着了。她穿着类似浴衣的浅绿色病号服,两侧脸颊上缝合的痕迹痉挛着,像一个夸张的笑脸。

露娜对着我们眯起眼睛,她的嘴在动,但我们完全听不到声音。汀说过,以前有些第四类接触者会连续不断地尖叫,在那以后他们就把房间改成了完全隔音式。只有失去听力的护士才能进去。

露娜似乎也知道我们听不见,她从桌上拿过平板电脑,用触控笔写了什么拿给我们看。

置是一个U字形大嘴套。我虽然是第一次看见这样的东西，但大概能推测出它的作用。这是个口塞，能阻止戴着的人发声。除了专业护士外，其他听力正常的人进房间时，露娜就得戴上这个。

"这样一来我就一句话也不能说了，放心了吧？"

"在露娜面前不用客气啦。"

"……鸟子，已经够了吧？"我问道。

鸟子轻轻叹了口气。

"嗯，谢谢。"

汀再次将手伸向控制面板，关掉了麦克风。

我们转过身，沿着走廊向来时的方向走去。我最后回头望了一眼，露娜双手搭在窗上，目送着我们。因为脸颊上有伤，她看上去就像在笑。

6

"交给我吧！为了学姐我什么都会做的！！"

从DS研回家后的第二天，我找到茜理，提出想请她帮忙，没想到茜理的每句话都出乎我的意料。总觉得有种既视感。

"我……我就知道你会这么说。"

"是的！我该做些什么呢？"

"你先冷静一下，我来说明情况……"

"什么叫'那就没办法了'？"

我瞪了她一眼。让鸟子进房间是想干什么？

露娜双眼闪闪发光，看上去很高兴。

"你生气了。"

"纸越小姐还是生气时最棒了。"

这家伙怎么回事……

"我果然还是想和你做朋友，纸越小姐。"

我可不想。干脆用右眼仔仔细细看她一回吧……

不不不，这可不好。

我把危险的想法赶出了脑海。要是干出这种事，那我和露娜也没什么区别。

"啊，要不你们俩一起进来？"

"你们一起的话，我的声音也起不了作用吧。"

没等我们回答，露娜便有些着急地草草写了起来。

"不好吗？我很需要说话的人。快进来吧。"

"小樱小姐呢？不想听听露娜久违的声音吗？"

"谁来阻止一下……"

小樱呻吟着摇摇头。

"要是你们实在担心，我就戴上这个吧。"

露娜从桌上的收纳盒里拿出一个黑色口罩。它和普通口罩有所不同，是用皮革做的，边上也不是挂绳，而是带五金的皮带。嘴巴的位也能理解。"

"但其实你心里很羡慕吧？羡慕我能被冴月大人所触碰。"

"仁科小姐也让自己的脸变成这样，怎么样？"

"一定很适合你。"

这个人还是一如既往的欠揍。虽然她挑衅的对象是鸟子，但在后面看着这些话，连我都开始冒火了。

就算要允许露娜上网，别说声音了，最好连打字也禁止吧。

"你真这么想？明明妈妈就在自己眼前被杀了。"

从鸟子的声音里读不出任何情绪。

露娜再次低下头，像是要写字。

她拿着触控笔的手在平板电脑上来来回回。我看不到她写的内容。她写了有一段时间，我一开始以为是很长的话，但她的动作很粗鲁，大幅度地写写画画，看样子不像是在写字……

露娜终于抬起头，出人意料的是，平板电脑上的内容很简洁。

"你真烦啊。要不进来聊？"

她似乎把之前写的都擦掉重写了一遍。还没等鸟子回复，露娜又写了一句。

"直接聊更快。"

"怎么可能进去啊。"

我在后面插了一句，露娜终于把目光投向我。

"说起来纸越小姐也在来着。那就没办法了。"

我按住跃跃欲试的茜理。这里是大学校园里的咖啡店，我们坐在里侧昏暗的位子上。我特意选这里就是为了掩人耳目，茜理这么大声说话就都白费了。仔细一想，附近也有卡拉OK等适合聊天的地方，我到底是为了什么选这里……

桌上摆着带饮料的甜点套餐，我点了红茶和苹果派，茜理点了咖啡和半熟芝士蛋糕。跟鸟子以外的人这样独处好像还是第一次。想到这里，我莫名有些坐立不安。

"抱歉茜理，之前我失忆了。"

"果然是这样。是因为脑震荡还是什么别的原因？"

"啊，嗯，差不多吧。"

"你的眼睛还没好？"看到我还戴着眼罩的右眼，茜理问道。

"还有点儿，不过已经治疗过了，别担心。"

"别硬撑啊。我也得过脑震荡，但没到影响视力这么严重的地步。"

"嗯，脑部也都检查过了，医生说一切正常。"

"太好了。"

茜理露出了发自内心的如释重负的表情，我心里产生了一些罪恶感。虽然我并不是为了骗她才说的谎。

我之所以继续戴着眼罩，是因为还没弄清"T"的想法。要是知道我的右眼已经治好了，对方会是什么态度呢？

"T"到底是第四类接触者，还是以网络怪谈为原型出现的"里世界现象"还未可知，但无论是哪一种，和他接触时都要谨慎行事。我打算装作记忆还没恢复，对一切毫无察觉的样子，和上次组会时一样，见机行事。

这个人有没有可能只是一个庙堂出身的局外人，偶然出现在了组会上？我排除了这种可能性。在我们身边发生的"里世界"相关事件，都不会是偶然的。

……大概。

想着想着，我开始打起退堂鼓，不知是胆怯还是犹疑。看似不可能的巧合同时发生，这种事情在实话怪谈里并不鲜见。毫无意义地偶然发生，又毫无意义地结束，不去细想，那它就只是个偶然，一旦你开始思考，它就成了一个危险的暗示……

不，如果这只是一个偶然也好。这样一来，我就能把"T"和自己失忆、失明的事分开考虑了。

我调整了一下心态，开口说道："我想拜托你去调查学校里的一个男生，这个要求可能有点儿奇怪。"

"是个什么样的人呢？"

"大三，和我在一个小组，大概有这么高，留的短发。"

我自己也觉得抓不到重点。这时茜理有些焦急地插嘴问道："他叫什么呢？"

"不知道。"

"欸，但你们不是同一组吗？"

"嗯，我不知道他的名字，但可以当场告诉你是哪一个。"

"那个……可以的话我也问问朋友吧。"

"不行，不要告诉其他人。"

听我这么说，茜理的双眼闪闪发光。

"这是秘密，对吧？遵命！"

这家伙虽然很积极，但口风也很严，真是太好了……

我脑海里闪过肋户美智子说的话，突然有些不安。

"怎么了？你的表情很奇怪。"

"以防万一，我先问一下，你之前有跟谁提到过我的事吗？比如我能帮忙找失踪的人之类的。"

她一脸疑惑地摇摇头。

"发生了什么吗？"

"没事，那应该跟你没关系。当我没问。"

"你要找的这个男生做了什么？要是不方便说就算了。"

"我不知道。"

"欸？"

"我找他就是想弄清楚这件事。因为他好像知道我失忆时发生了什么。"

"为什么不能直接问呢？"

"我想先确认一下到底能不能直接问。"

茜理一瞬间沉默了。

"也就是说，那家伙曾经用暴力伤害过学姐？"

"什么？"

她的声音突然变得低沉，让我吓了一跳。

哦，因为刚才聊到脑震荡，令她得出了这样的结论。

"不不不，没有这回事，你冷静点儿。"

"没有就好。那个，我……要是学姐让我动手，我会照做的。"

茜理眼睛发直，开始钻牛角尖了。

"好恐怖。"

啊，不小心说了出来。

"啊，抱歉，但我是认真的。"

"别别别，太吓人了。我可不愿意你因为故意伤害罪被捕。"

"就算变成那样，我也不会给学姐添麻烦的。"

"别那么干。"

"好的。"

我有些不安地盯着茜理。

这孩子之前是这样的性格吗？

不会是因为我吧……

"怎么了？"

"茜理，你为什么特别亲近我？"

可能因为我的说法有些古怪，茜理笑了起来。

"亲近？"

说"仰慕"可能会更准确，但太羞耻了，我说不出口。

"虽然自己这么说不太合适，但我对你还挺冷漠的吧？"

"嗯，确实……话说，学姐你自己也知道啊。"

"这种情况下，一般人都会觉得被疏远了，不开心吧。但你的态度完全没变过。就算对我做的事再怎么感兴趣，这也太不屈不挠了。所以，为什么呢？"

"嗯——没想到会被这么认真地询问，我都有点儿不好意思了。不过，嗯，也是。"茜理的视线四下游移了一会儿，又回到我身上，"我觉得纸越学姐很帅。"

"啊？"

她的回答出乎我的意料。

"你从来不讨好别人，但又有很强的意志力，好像在看着很远的地方。我从小就喜欢不把我放在眼里的人。"

"呃，这样啊……"

我含糊地应着，心想夏妃听了可别哭。那个不良少女可是把茜理当作最重要的朋友……

"我可是曾经在酒店喝得烂醉后跳舞啊？"

"那也很帅！"

说谎！

我的怀疑似乎表现在了脸上，茜理又找补了几句。

"真……真的啦，总觉得当时的学姐你有种神秘的压迫感……小夏也吓到了，一直说那个人真不得了呢。"

那只是在嘲讽吧……

"算了，我知道了。回到正题——那个男生已经看到过我的脸了，所以我希望你能替我去调查他。"

茜理喜出望外。

"好的！感觉就像侦探一样呢，好兴奋。"

"你可别干危险的事啊，真的。就跟在他后面，看看他是个什么样的人就行了。"

准确来说，我想知道的不是他是个"什么人"，而是他到底"是不是人"。比起自己，不抱偏见的茜理恐怕更能察觉到对方的异样之处。就像小樱说的那样，我基本上对人类不感兴趣……

不过我还是对身边与自己有关的人多点儿关心比较好，尤其是那些因为喜欢我而和我结交的人。

看着因为要扮侦探而雀跃的茜理，我如此想道。

当茜理以为我被别人伤害时，她真的非常生气。比我预想的还要严重。

那反过来又如何呢？要是我知道茜理被别人殴打了，应该也会愤怒吧。虽然希望自己能有这种情绪，但我非常清楚，自己是个薄情的人。即便如此，我还是希望自己也能像茜理这样，为了对方而真心实意地感到愤怒。

7

时间到了下一周的组会当天。这次我总算没迟到，但当我来到研究室时，"出生于庙堂的T"同学已经到了。

他的模样和我记忆中相同，个子很高，大概有一米八，黑发剪得短短的，眼睛细长。我进门时感受到了他的视线，不由得心里一沉，但对方并没有什么反应。于是我也装作漠不关心的样子，在他的斜对面落座。

组会按时开始了。上周被教授点名的两三位学生开始对自己的研究课题进行说明，然后将由教授进行点评，其他人自由讨论。

"嗯，谢谢土井田同学。请坐。我想你似乎有一个不太好的习惯。你在论文里多处引用了德勒兹、加塔利、德里达、拉康、朱迪斯·巴特勒等知名哲学家的名字和理论，但这些对你的课题而言真的是必要的吗？当然，我不是说文化人类学当中不能有哲学，只不过就算引用了大量前人的文献，也不过是为了强调权威性的一种修辞手法，一下子就被看穿了。实际上喜欢写这种文章的研究者还不少呢，请大家在学生时期就改掉这个坏习惯。要是不尽早脱离这个只有'人'的小圈子，以后就难以挽回了。"

我一边听着第一个发言的男生被教授拿来"开刀"，一边透过刘海儿偷瞄着"T"。他就坐在那里，看着桌上的摘要文献，没什么可疑之处。我心想，干脆用右眼看看他的真面目，但考虑到在"表世界"，而且还是有这么多无关人士的地方，做出这种事，万一发生什么不测……又有些踌躇。根据以往的经验来看，对方突然暴起，殴打旁边的人也说不定。

换作一年前的我，一定不会考虑这么多。嗯，可能这就是人性吧，我也成长了不少。

"土井田同学的研究课题是《作为沟通工具的游戏》。上次我们也稍微聊过，那么你自己是怎样玩游戏，又是怎样和别人沟通的呢？这些基础问题确定下来之后，你的文章应该就不会只有引用的内容了。现在你脑子里的这个'游戏'概念也比较局限——在我年轻时，说到游戏，很多人会觉得是赌博，不知道现在变成什么样了，但这种概念的外延你没有意识到吧？虽说研究视角需要聚焦在一个点上，但我们也需要把握全局，知道这个视角处于整体当中的哪个位置——"

我心不在焉地听着教授的话。游戏对我而言，不是用来"玩"的，而是用来"看"的。离家出走住在网吧里时，我经常在Niconico和YouTube上看游戏直播，比如看在《Minecraft》[①]里建房子的人，还有《黑暗之魂》[②]玩得很好的人。有些游戏我虽然没玩过，却非常了

---

① 《我的世界》，一款3D沙盒游戏。玩家可以在三维空间中自由创造和破坏不同种类的方块，利用想象力探索并建立一个专属于玩家的世界。——译者注
② 《黑暗之魂》是由From Software制作、万代南梦宫发行的一款动作类角色扮演游戏。——译者注

解。当时还想着有了自己的家之后，要买游戏机来玩呢，但到现在都还没买。也因为发现了"里世界"的存在之后，其他事都变得无关紧要了。

教授的评价告一段落，接下来是自由讨论时间。其他人都在积极发表自己的见解，只有"T"一言不发。我正观察他时，猝不及防地被教授点名了。

"纸越同学有什么想说的吗？看你一直在思考的样子。"

"欸，啊，在！啊，那个……"

我一边发出各种无意义的音节，一边在脑中拼命回想刚刚听过的内容。

"嗯……我在想，因为有这么一群喜欢引用哲学家的话的人存在，我们不如去观察这群人当中存在的文化……差不多是这样……"

说着说着，我越来越没有自信，含混不清地讲完后，研究室里不知为何响起了一阵轻笑声，就像我说了什么很好玩儿的话。

"要是真这么做，一定会被讨厌死吧！"坐在我右边的留学生大声说道。

阿部川教授眯起眼睛，像是在微笑。

"将研究者当作人种志的对象，是个很有趣的着眼点。如果真想这么干，还是需要一些能力的。必须弄清楚研究对象各自的研究内容，以及他们在该领域的地位。另一方面，也有人认为只有在学生时代才能这么搞研究。思考怎么调查最合适或许也是一种不错的训练。"

　　虽然不知道教授对我的态度是赞赏还是无语，但起码我没有僵在那里什么也说不出来。我抹了把汗，松了一口气，教授也转向了其他人。

　　"你呢？有没有什么想法？"

　　我慢了半拍才反应过来。那个人是"T"！完了，我又漏听了他的名字。

　　"T"会说什么呢？我咽着唾沫等待。他终于开口了。

　　"我想想……可能是装作什么事都没发生的样子，就连她也燃烧起来了，所以我也说出了自己的评价。但海岸边有很多人，经常能钓到。不过我在回来的路上听说，有个拿着锯子的人就站在我的房间里，土井田同学也这么做应该就没问题了。不能沟通之物是不存在的。"

　　"原来如此，谢谢你的发言。的确有道理。"

　　教授回答道，其他组员们也相继点头同意。尤其是在评价阶段被大批特批的土井田本人，也因为有人撑腰而明显松了口气。

　　我大失所望。什么啊……他不就是随便说了几句而已吗？

　　我对他在上次组会上的发言毫无印象可能就是这个原因。"T"说的话平平无奇，没有任何记忆点。

　　他将脸转了过来，我慌忙移开目光。

　　在那之后我又观察了他一段时间，但并没有什么异常。

离组会结束还有几分钟时，我的手机震了一下。我偷偷在桌子下打开手机，是茜理发来的消息。她如约来到了研究室外面。

教授看看时间，开始做最后的总结。

"那么下次的发表，就由红森同学、蔡同学和纸越同学来进行吧。"

哎呀……已经轮到我了吗？就在下周。

"虽然还有一点点时间，但我们今天的讨论就到这里。下次见，大家辛苦了。"

众人相继站起身出了研究室。我最后一个走出教室，一边走一边给茜理打电话。

"喂，茜理，你现在在哪儿？"

"我在这儿呢，学姐。"

在电话里这么说也不知道方向，但我马上就找到了她。茜理正站在楼梯口，举着手机盯着我看。见她好像马上要朝我招手了，我连忙叮嘱。

"你这么盯着我看会被发现的！"

"啊，抱歉！"

我看了看走廊里的"T"，幸好他似乎没有察觉。

"看到了吗？现在刚下楼梯，从你旁边走过的那个高个子男生。"

"头发很短的那家伙吧。"

"没错。"

"看到了，交给我吧。"

茜理对我点点头，下了楼。

"我过会儿也会跟上去，记得告诉我他朝哪儿走了。"

"明白。"

我又等了一会儿，直到走廊上没人了，才跟着下楼。

出了学院大楼，我站在阴云密布的天空下左右张望，没找到"T"，也没找到茜理。

"你们在哪儿？"

"往生协①的方向走了。"

"知道了，我也过去。"

我连忙跑向生协。虽然不想被"T"察觉，但我很害怕茜理遭遇什么不测时自己没能及时赶到。

"你一直在说话，没关系吗？"

"没事的，旁边人很多。"

我和茜理保持着通话，在大学校园里走来走去——这让我想起不久前，刚和鸟子做过一样的事。希望这一次不要发生什么意外。

"怎么样了？他有什么可疑的举动吗？"

"没有。什么样的算'可疑举动'呢？"

"呃，就是一般人不会干的事。比如一个人自言自语啦，盯着没人的地方看啦，闯进禁止进入的地方啦……"

---

① 生活协同组合联合会，日本的大学校内机构之一，在衣食住行等各方面为学生提供便利。——译者注

茜理沉默了。我感觉电话那头的她欲言又止，便问道："怎么了？"

"没，那个……还是不说了。"

"欸？什么？"

"说了你会生气的……"

"你在说啥？我不会生气的。"

"真的吗？呃，总觉得学姐你说的这些，都是你平时会做的事。"

"……"

"……你生气了？"

"没生气。"

"你果然生气了！"

生协前面的广场一如既往地挤满了人。我藏在角落里的ATM（自动取款机）背后，跟茜理保持着通话。

"他进食堂了。会吃什么呢？"

"你现在在做什么？"

"在门口盯着，尽量不引起其他人的注意。"回答完，茜理顿了一下，用怀念的口气加了一句，"第一次跟学姐搭话也是在这里呢。"

"这么说来，确实……"

我一边回想着当时的情景，一边环顾着广场。现在这里也有几只闲逛的猫，但它们都没有对我表现出兴趣。

"之前是谁告诉你我有灵视能力，让你来找我商量的？"

"有这回事吗？我不太记得了。"

"谁这么说的？难道有人在传关于我的流言？"

上大学之后，我只在刚入学时的教育课和莫名其妙参加的学院欢迎会上提到过自己喜欢实话怪谈和网络传说。好像在第一次组会上也提过，虽然我已经忘了，但在那之前，我没再跟别人说过这件事。因为一开始的时候，我积极地说了太多相关话题，导致冷场，还遭人嘲笑，留下了糟糕的回忆。是因为那时候情况太惨，被人传出去了吗？换作以前，我一定会大动肝火，但现在，说实话我已经不想去责怪其他人了。想到入学之初自己有多缺乏自知之明，便会郁闷起来。或许茜理忘了反而是件好事。

"嗯……当时发生了什么呢……好像就是这样吧。不然我也不会有认识学姐的机会。"

"确实……"

我是人文学院的，而茜理是教育学院的。我们不仅不同级，就连平时出入的教学楼都不是同一栋，那她的情报可能是来自社团之类的地方。

"茜理你是哪个社团的？"

"啊，我是'料研'的。"

"什么？"

"料理研究会。"

说起来，茜理上次邀请我去她家时还做了饭。怪不得她厨艺这么好。

"没想到啊，我以为你会参加空手道社团呢。"

"我只在从小就去的那家道场学空手道——欸？"电话那头的她突然压低了声音，"学姐，那个男生好像有点儿奇怪。他虽然来了食堂，却只绕着附近走来走去，没有要去吃饭的意思。"

"现在不至于人多到没有位子吧？"

"没有啊。他也没买餐券，啊，他好像要出去了。"

"他朝着这边来了？"

"你现在在哪儿？"

"ATM旁边。"

"他朝着那个方向去了！快躲起来！"

我迅速冲进了ATM的隔间里。进来后我才想到，要是"T"打算取钱，我就完了，但为时已晚。

他到ATM旁边了，我看向隔间里的后视镜。那个熟悉的身影从隔间前穿过，看上去不食人间烟火的男生。这么看来确实是一副寺院继承人的样子。

他目不斜视地走过，从镜中消失了。又过了一会儿，茜理快步追了上来。

"没被发现吧？"

"好像没有。"

"这个人走路好快啊。"茜理喘着气说道。

"他往哪儿走了？"

"从生协旁边的广场穿过去了，我猜他要去后门。"

我出了隔间，跟在后面。

"果然，他出学校了。"

"是要回家吗？"

"我们接着跟吗？"

"要是能接着跟就太好了，茜理你这边可以吗？之后有没有什么安排？"

"下下节才有课，所以没问题！"

于是我继续进行间接跟踪，茜理在前面为我"直播"。"T"进了位于大学西侧的小区。每拐一个弯，茜理都会告诉我，但一边走一边做口头说明确实很难懂。

"我们在屋顶上有太阳能板的那栋房子的拐角！"

"路两旁的房顶都有太阳能板，你说的是哪栋？"

"啊，他过桥了！"

"桥？哪里有桥……啊，这是桥吗？真的哎，有水渠。"

"现在在一片空地前面的路上。"

"这不是田吗？"

茜理也没法折返补充信息，我们的跟踪变得很混乱，我逐渐不知道自己和茜理身在何处了。

"来到了一个开阔的地方，大学附近原来还有这种地方。"

"是什么样的？"

我一边问，一边想着不如跟着谷歌地图走，那样还更清楚些。

"旁边是一片原野，只有一栋白房子在这里。"

"你附近有能藏身的地方吗？不会被发现吧？"

"白房子二楼有个窗户……好像有人在那里朝这边看……"

茜理的声音变小了，像是离听筒远了些。

"茜理？"

"房子对面有一座很高的……这是什么？输电塔吗？但好大啊，就像东京塔一样……"

我一瞬间没反应过来，随即脊背窜上一阵寒气。

那是"肋户美智子"寄来的明信片上的房子！

"茜理，那里很危险！快跑！！"

"……"

"听见了吗？！茜理——"

——唉……

电话那头传来长长的一声叹息，我僵在了原地。

那不是茜理的声音，是一个男声。

——哎呀呀。

"你是谁？"

——没想到你们竟然跟到这里来了，真没办法。

"我在问你是谁？"

男声有些不耐烦地继续说着，对我的话充耳不闻。

——这不就被麻烦的东西缠上了吗？等会儿，我现在来……

"你是'T'？"

在我问出这句话的下一秒，从电话那头，传来一声震耳欲聋的大吼。

——破！

我就像被打了一拳，又像脸被子弹击中，整个人向后仰去。脑子里咣咣作响，由于强烈的晕眩感，我当场倒了下来。

"呜……"

右眼一跳一跳地痛。我扯下眼罩，战战兢兢地睁开眼，发现视线很模糊。我正担心自己是不是又要失明，好在总算是找到了焦点。

我逐渐从冲击中缓过来，视力也恢复了。我双手撑地站起身，将电话举到耳边。此刻，电话已经挂断了。

我立马重拨茜理的号码，一边听着听筒里传来的回铃音，一边跑了起来。

不远处传来一阵手机铃声。正当我气喘吁吁地跑过一个拐角时，迎面撞上了茜理。这里没有原野也没有其他任何东西，只是一片普通的住宅区。茜理就站在那儿。我们眼前也不是什么白房子，而是平平无奇的破公寓。

"茜理！"

听见我的喊声，她呆呆地将目光投向我，手里的手机还在响着。

"茜理，你没事吧？"

"嗯？"

茜理低头看向手机，一脸不可思议地挂断了电话。

"发生什么了？'T'对你做了什么？"

她又看向我，怀疑地问道："你是谁来着？"

"欸？"

"你没认错人吧？我们见过吗？"

她不像在开玩笑。

茜理失忆了！

茜理四下张望着，像刚刚睡醒。

"咦……这是哪里？我做了什么？"

"等一下，茜理。你还记得什么？"

"嗯？"茜理有些抵触地看了我一眼。"那个，不好意思，你可能有什么误会。我先走了。"

她冰冷地丢下一句话，打算从我旁边离开。

我迅速抓住了她的手臂。

"等一下。"

茜理低头看着我的手，表情变得凶狠。

"可以放手吗？"

"不行。"

"我不知道你打算做什么，但让你放手是为了你好。"

她说话的声音令人毛骨悚然。这家伙虽说失忆了，但还是这么血气方刚……

我脑中闪过这样的想法。掌心肌肉的触感让我有些害怕。和外柔内刚的鸟子不同，茜理她……很强硬。她被我抓住的手臂紧紧绷着。要是她真的"暴走"，像我这么瘦弱的人一定会被揍得毫无还手之力吧。

但是……

见我瞪了回去，茜理有些惊讶地睁大眼睛，应该是没想到我这种瘦弱的宅女竟然没被她吓到吧。其实我超害怕的，但我又有种预感——在这里退缩的话，一定会让事态变得糟糕。要是这家伙把我给忘了，回到自己原来的阳光外向小圈子里，我们就真的没缘分了。事情会变得很复杂。不管她被"T"做了什么，一定得在这里解决。

我就这么和茜理四目相对，把意识集中到右眼。眼中的茜理……没有发生任何变化。我还以为会看到她被银色磷光包裹之类的场景。

"所以，你想干什么？"茜理冷冰冰地说道，她不耐烦地晃晃脑袋，将刘海儿甩到一边，"挺烦的。你是想挨揍吗？"

专门练空手道的人对门外汉说这种话真的合适吗？这么想着，我突然意识到，是我的右眼让茜理变得烦躁的。再这么继续盯着她，真的会被揍扁。

虽然明白了这一点，但我也不能放着茜理不管。她会失忆，一定是有原因的。鸟子把手指戳进我的右眼那会儿，说了什么来着？

"不在里面……"

应该是这么一句话。原来如此。鸟子一开始也以为我被什么东西附身了，就像遭遇"山之件"①时一样。我认为茜理和我遭遇了同样的情况。但实际上并不是。用右眼看去，看不到"里世界"对她产生的影响，更像是变得"干净"了。

"不是这样……是不见了？"鸟子的话从我脑中闪过。

啊……我好像明白了。

也就是说，我和茜理并不是因为受到"里世界"的影响而失去了记忆，反而是因为被去除了"里世界"的影响，从而失去了与"里世界"相关的记忆？

因为被"破！"了？

是这样吗？若是如此——

茜理已经毫不掩饰她的不耐烦，紧紧地盯住了我。她垂在一旁的右手抽动了一下，像是正勉强忍住一拳把我放倒的冲动。

噫……

我感觉自己手里握着一颗手榴弹。面对这颗即将在咫尺之遥爆炸的暴力炸弹，我紧张地拼命用右眼对准了茜理。

我的眼睛和鸟子的手能通过不同的方式接触到表里世界之间的

---

① 《里世界郊游3：山的气息》中出现的会附身在女性身上的怪物。——译者注

边界。

如果鸟子能用手取回我的记忆，那我的眼睛应该也能做到……

已经没有回头路了。不是我让茜理被刺激得恰到好处从而恢复记忆，就是我被她打个半死，非此即彼。

"茜理。"我咬紧牙关，让自己不要移开眼睛，"听我说，茜理。你认识我。"

茜理的眉头皱得紧紧的，她的眼皮在发抖。

"你是我的学妹。一开始是你来向我搭话的，说自己被猫咪忍者盯上了。你拜托我帮助你，我们一起从池袋去到了猫的街道。"

右眼中映出的景象发生了变化。银色的雾霭从茜理身体里冒出，漾起波纹。

"猫咪……忍者……"

茜理甩着脑袋，像是有些头痛。

"快想起来。是我。你不是很想知道关于'里世界'的事吗？"

茜理的拳头握紧，松开，又握紧。呼——她长出一口气，脸变得像被水蒸气熏过一样通红。银色雾霭流进她的脑袋，在她双耳间堆积起来。

"是我啊，纸越空鱼。你不是一直自来熟地'学姐学姐'地叫吗？"

"呜，呜……"

"我会好好看着你的，茜理。你说过，我看着你的时候，你就会变得更强，对吧？"

"学……姐。"

茜理低声说着垂下了头。

她脑中的银光逐渐变亮了。用我的眼睛看去，眼前有个圣女果大小的半透明球体，里面发光的气体正在变得越来越稠。在这个封闭的球体中，光芒的密度不断增加，好像下一秒就要炸开了。

"被猫咪忍者袭击时，茜理的空手道真是太厉害了。你和夏妃一起打败了猿拔女，这件事我一辈子也忘不了。"

茜理抬起了头，她的眼睛闪闪发光。

"然后就是，那个……我们去酒店举行了女生聚会，大家一起吃了蜂蜜吐司……"

球体一下子绽裂了，我似乎能听见"砰"的一声。它翻了个面，里面的光芒轰然散落。与此同时，茜理颤抖着嘴唇吐出一句话。

"学姐！"

她大喊一声，抓住了我。我猛然伸出手挡在茜理面前。

"到……到此为止！"

茜理一下子不动了。

沉默了一会儿，她歪着脑袋喃喃地说道："……纸越，学姐？"

"嗯，嗯。"

"咦？咦？"茜理困惑地将手从我肩膀上拿了下来，"对不起，我……我到底在干什么……"

"你……你想起来了？"

"欸？是的。欸？为什么我会不记得学姐呢？"

"哈啊……"

我累得几乎要瘫倒在地，但也松了口气。与此同时，我明白了一点。

无论那家伙是什么来头，只有一点能确定。

"出生于庙堂的T先生"是我的敌人。

还有另一件事——

茫然无措的茜理身后，是一栋破公寓，里面一个人也看不到，感觉和废墟没什么两样。我用右眼看去，能看到一楼最靠里的那扇门被银色磷光所包围。

那是"门"。

这次跟踪虽然让茜理的记忆和我的人身安全受到了威胁，却也不是全无收获。

看样子我们找到了"T"的住处。

8

开过目的地，在到达下一个拐角前，汀停下了车。

"是那栋吗？"

汀看着后视镜，向我确认。

我和鸟子从后座上扭过身，仔细观察着"嫌疑公寓"。

"就是那栋。"

"明白了。我把车停到这附近再回来。"

"啊，那我们先下车在附近把风。"

"请注意安全。"

汀把我和鸟子留在路上，开着奔驰离开了。奔驰虽然车体庞大，却灵巧地在小路上挪移，朝我们来时发现的收费停车场驶去。

自上次造访已经过了两天，现在是周六下午。沐浴在春光下的小区显得静谧祥和。两旁住户家里种的樱花枝条都探到了马路上。枝条上已经没有了花朵的影子，而是长满了绿叶。秋田县的樱花通常盛开在四月下旬，刚搬到这里时，我一度因为樱花开得太早而感到疑惑。

"那里真的会有人住吗？"

鸟子远远望着那栋公寓，忧心忡忡地问道。这也正常。我住的公寓虽然也很旧了，但远没到这么冷清的地步。从内侧封住公寓窗户的木板和纸片已经被太阳晒得褪色，院子也因为疏于打理而长满了野草。通往二楼的楼梯锈迹斑斑，千疮百孔，几乎没有落脚之处。

"按常理来说，确实不像是'有人住'的样子。但我们之前就是跟着'T'来到这里的。"

"茜理在这里遇到'T'了？"

"大概。从电话里听到的内容推测，她应该是进入了'中间领域'。"

"然后就被'破！'又被赶回了'表世界'？"

"嗯。所以我才发现这里有'门'的。"

我们一边警惕着"T"的出现，一边走向那栋公寓。

"茜理在那之后还好吗？"

"我在她身边观察了一段时间，她看上去一切正常。因为她后面还有课，我们就暂时分开了。傍晚我又打了一通电话确认情况，那时茜理已经完全恢复了。"

"太好了。"

"唉，认识的人在自己面前被夺走记忆真的很令人慌乱。毕竟在对方看来，就是突然被一个陌生人搭话了。当时茜理的态度特别冷漠，就像变了个人，我吓坏了。"

"很高兴你能理解我的心情。"

"都说了抱歉啦。"

平时都是我和鸟子一起行动，这次少见地邀请了汀，主要是担心万一碰到"T"，只靠我们两个人可能没法迅速制服他。首先，在小区里不能开枪；其次，如果对方并非"里世界"的"现象"而只是第四类接触者的话，我们就犯下杀人罪了。

对于要不要邀请汀这件事，我和鸟子讨论了很久。我希望尽量不把其他人牵扯到"里世界"中来，鸟子也同意我的意见。但这次，我用右眼看、鸟子用左手操作的方式很可能不起作用。万一被"破！"了，我或者鸟子——不，最糟糕的情况下，我们俩都会失去战斗力。

换言之，我们会忘记彼此。

"妈妈经常对我说，需要依靠别人的时候就去依靠。"我们商量时，鸟子这么说道。

"妈妈"是鸟子的两位母亲之一，职业是军人。

"她说，要学会利用一切手段，避免被逼到孤立无援的境地。"

"好深奥啊。"

"她当时应该是担心我一个朋友也交不到吧。"

"你从以前开始就这样吗？"

"对。"

所以被闺间冴月温柔对待后，你才会视她为重要的朋友吧……不，也不知道是不是温柔对待。虽然我也没兴趣知道就是了。

我一边思考着无聊的问题，一边来到公寓前。正当我心不在焉地想着万一突然遇到"Ｔ"可别笑出声时，鸟子说话了。

"莫非'Ｔ'发现自己被人跟踪了，所以故意把茜理引到了这里？"

"谁知道呢。从客观角度上看，他倒是救了误入'中间领域'的茜理。"

"你也是这么想的吧？"

"你问谁，谁都会这么说的。"

"然后空鱼你用右眼让茜理发狂，恢复了她的记忆。"

"确实是这样……"

我们相顾无言。

在向鸟子转述事情始末时，我没说出自己差点儿被茜理殴打的事。一方面，是因为这样做除了让鸟子对茜理的好感大减，别无意义；另一方面，这件事错不在茜理，要是她因此被鸟子讨厌，那也太可怜了。虽然在了解情况后鸟子也会冷静看待，但即便如此，她心里应该也会留有疙瘩。

"现在你用右眼看茜理的时候，她的脑袋里还有银光吗？"

"啊，没有。她恢复记忆时，头部闪过一阵强光，但后来我又偷瞄了一眼，光已经都消失了。感觉就像堵住的管子被疏通了，或者说塞子被拔了出来。"

"和我上次的感觉很像呢。把手指伸进空鱼的眼睛里时，我也感觉自己就像在解开一个系得紧紧的结。"

"也就是说，'破！'封住了我们和'里世界'之间的联系。"

"空鱼一开始肯定也是中了那招儿。"

"不过我已经不记得了。"

我至今还没记起第一次遇到"T"时发生了什么。不仅是我，茜理也不记得那栋白房子和当时发生的事了。

"据说有些人遭遇交通事故后，会忘记事故发生的瞬间。可能你们也是这样。"

"或许吧。"

"从封住你们和'里世界'的联系这一点来看，'T'会不会是个善意的第三者呢？"

"你是说，他觉得我和茜理都被附身了，所以帮我们进行了'除灵'？"

"在对方看来，不就是这样的吗？"

"那可真是给我们添了大麻烦。我失去了记忆，还失明了，最重要的是……"

"最重要的是？"

我中途住了口，鸟子一脸天真地反问道。

我迎上她的目光。

"最重要的是，给鸟子造成了困扰。"

"欸……"鸟子诧异地瞪大了眼睛，"怎么了？突然说这种话。虽然你这么说我很高兴啦。"

"总觉得要是不在能说出口的时候说出来，之后会后悔的。如果我们两人都被'破！'了，不就没机会说了嘛。"

鸟子露出了泫然欲泣的神情。

"别这样嘛，别说这种让人伤心的话。"

"呃，但，不就是这么一回事嘛。"

"都让你别说了！"

鸟子抓住我的衣袖，疯狂摇头。

怎……怎么了，她怎么回事？

鸟子看着手足无措的我，眼泪汪汪的。

"空鱼，你不要不见啊，我不想看不见你。"

"别……别担心，我不会不见的。"

"一定不要呦！"

"一定一定。"我安慰道。

鸟子终于恢复了冷静，她吸了吸鼻子，擦擦眼角。不是，怎么真的哭了啊？

本来是想把说这句话当作向鸟子道歉的行动之一，结果鸟子出人意料的反应让我一下子乱了阵脚。

不，但是，谁能想到呢？一句话就让她变成这个样子。

在我的想象中，鸟子可能会因为不好意思而做出奇怪的举动，也可能会高兴得得意忘形……我不确定具体会发生什么，但总之大致的方向就是这样。我没想惹哭她的。

——人类真是难懂啊……

我不易察觉地轻轻叹了口气。

虽然刚遇到她时，她就说过作为"共犯"的我们是"世界上最亲密的关系"，我却一点儿也不了解身边的女子。

明明什么也没做，却感到有些疲惫，这时汀回来了。一名身穿西装三件套，在小区里大步流星的高个子男子，怎么看都很显眼。居民说不定会报警。

"让两位久等了。发生什么了吗？"

"No problem."

"没问题。"

鸟子干脆利落地回答，我也附和道。汀点点头。

"那——我们出发吧。"

我们再次转向那栋公寓。

"纸越小姐,麻烦帮忙确认一下情况。"

"好的。"

为了观察公寓,我把意识集中到右眼。"欸?!"然后不由得高声惊叫起来。

"怎么了?"

"不见了……"

"什么不见了?"

"'门'。"

"欸?"

上次来时,我清楚地看见公寓尽头那个房间的门上环绕着一圈银色磷光,但现在磷光已经消失了。不管用右眼确认多少次也没有变化。其他房间的门也没有异常,不过是一扇扇老旧的普通房门。

汀见我大惊失色,说道:"我们去确认一下吧。"

"呃,可是,它已经不是'门'了。"

"是不是'门'和是不是'T'的住处是两回事。就算'T'已经不在了,但那地方曾经是'门',就有调查的价值。"

这么说来,也是。

"明白了,那我们还是按计划行动。"

"嗯,拜托了。"

我们重整旗鼓,走进了那栋公寓。我打头,后面跟着鸟子。之所以让汀殿后，是为了让他能在我们即将或已经被"破！"的情况下，强行将我们拽出来。这样哪怕我和鸟子之中的任何一人中招儿，另一个人也能脱险。汀要做的是务必把其中任何一方带到安全区域。

我们小心翼翼地来到了公寓尽头的房间门口。房门表面的木漆已经剥落、翘起，邮筒里空空荡荡的，连一张传单都没有。大概就连发传单的人也觉得这是一间废屋吧。

看样子，果然没人住在这里。还以为找到了"T"的住处——原本让我大大地高兴了一场，看来是我得意忘形了。

我有些泄气，鸟子从后面拍了拍我的肩膀。

"嗯？"

我回过头，鸟子指了指地下。我低头看去，不禁吓了一跳。

这栋本应人迹罕至的废弃公寓，落满尘埃的水泥地上竟然全是脚印。

根据脚印来看，很明显有人经常出入这个房间。脚印正是从我们面前的房门处出现的。

我和身后两人相互点头示意，再次转向房门，按下了门铃。

我的猜想对了一半：没有传来任何声音。这里应该已经不供电了。

咚咚。

我下定决心，敲响了房门。

再来一次。咚咚。

我们等了一会儿，但门内毫无反应。

我吐出屏住的气，回过头。

"好像没人在。"

"换我吧。"

汀走到我们两人前方，不知什么时候起，他的双手已经戴上了黑色皮手套。汀握住门把手转动。门锁住了。

"也挺正常。"鸟子轻声道说。

果然没这么简单。

"请稍等一下。"汀说道。

他从怀里拿出一把钥匙，插进了锁孔。然后又拿出一根橡皮棍似的东西，敲了敲钥匙尾部。一次，两次……汀再次握住门把手时，很轻松就拧动了。

"打开了。"

"欸？！"

我大叫一声，又连忙捂住嘴。

"幸好不需要用撬棍撬开。"

汀若无其事地说着，将钥匙和橡皮棍收回怀里。

"你刚才做了什么？"

鸟子的声音里也充满惊讶。

"我用了'撞匙①'。这东西能打开大部分锁。"

---

① 一种工具。不需要齿形匹配，也可以通过对它施加扭转力的同时轻力撞击，使锁芯里的舌簧跳起并被卡在开锁位置，从而达到开锁目的。——译者注

甚至不需要配钥匙就能开锁，这也太方便了。我在脑子里暗暗记下一笔，决定之后好好跟汀请教一番。

"门已经可以打开了。我现在开吗？"

我和鸟子点点头。汀转动把手，一口气打开了门。

房间里并没有人等着我们，昏暗中只有飞舞的尘埃。

小小的厨房前方是一个小房间，只有四张半榻榻米那么大。外面的光线透过封窗木板的缝隙照进房间。想到房间里可能和之前一样放着梳妆台，我不禁毛骨悚然。但这里什么也没有。

地板上留着某人的鞋印，厨房木地板上和榻榻米上也有。

我们默默走进房间，心中因为非法入室而产生的犹豫已经烟消云散。就算"住户"回到了这里，能在这种地方出入的，很明显也不是正常人。

"这些应该是'T'的脚印吧？"鸟子看着地板说道。

"我只能看出这个大小应该是男人的脚印。"

换作夏洛克·福尔摩斯这样的侦探，或许能从脚印里读取出各种各样的信息，但我没这么厉害。

"汀先生，你发现什么了吗？"

"追踪不是我的专业领域，这些脚印看上去似乎都来自同一个人，鞋底的花纹都是一样的。"

留下脚印的人似乎曾在房间里打着转。他的目的是什么呢？我四下环顾，想寻找一些线索。因为日晒而褪色的墙壁上，还留着一些四方形的痕迹，应该有人在这里贴过海报或日历。天花板上的灯罩也被拆除了，只留下一个接口。我拉开衣柜和顶橱，里面空空荡荡。右眼里映出的景象也没有异常。

在房间里看了一圈后，汀说道："我到外面望风。如果发生什么事，请立即喊我。"

"啊，好的。麻烦了。"

汀离开后，房间里只剩下我和鸟子。

那么——

我们低头看向地板上的脚印，冥思苦想着。

"他到底干了什么啊？"

"只是在房间里兜圈子？一直在这里，一个人兜圈子？"

"那也挺瘆人的。"

脚印在房间中央那半张榻榻米上最为密集。与其说兜圈子，不如说像有人反复在上面踩踏过。

"他该不会是怨恨这张榻榻米吧？"

鸟子模仿足迹在中间那半张榻榻米上"咚"地踩了一下。

"嗯？"

她皱起眉头，停下了动作。

"怎么了？"

"你听。"

鸟子又踩了一下。她轮流踩着周围的榻榻米，我竖起耳朵。

"这里的声音是不是不太一样？"

"确实不太一样。"

只有房间中央那张榻榻米踩上去时有回声。

"下面是不是空的？"

我们把手指伸进榻榻米之间的缝隙，稍微用点儿力就把它掀了起来。下面的地板表面也有手指宽的凹槽，我们抬起地板后，眼前出现了一个黑漆漆的洞口和一架通往下方的木梯。

"是个地下室……"

没想到这间四张半榻榻米大的公寓里竟然会有地下室。

见鸟子将手电筒凑近那个洞口，想靠过去看，我连忙制止。

"等一下，可能会有瓦斯气体跑出来。"

"啊，这样吗？"

在这种空气不流通的地下空间里，经常积蓄着一氧化碳。一氧化碳的密度比空气大，不慎吸入会让人瞬间昏迷，很快地失去生命——位于地底的施工项目和废墟探险中偶尔会发生这样的事故。

我站在榻榻米上，用手电筒朝洞穴里照，能看见下方有水泥地，似乎没有水也没有泥泞。

我又把手机探进洞穴，拍了好几张照片。从被闪光灯照得发白的照片来看，下面的空间并不大，四面都是墙壁，没有看到潜身暗处伺机出现的怪物。

我小心翼翼地将脸靠近洞口，吸了几口气。没有奇怪的味道。里面也可能有非一氧化碳的其他可燃性气体，但这种可能性应该很小。我记得混合燃气比空气密度小，液化气则比空气密度大。据说人们为了能在燃气泄漏时及时发现，特意在瓦斯里掺了臭味剂。考虑到这一点，虽然不能排除洞里有无味可燃性气体的风险，但未经加工的燃气也不太可能沉积在小区正中央。

我摸索着从小包里掏出户外火柴，鸟子和我身上长期带着最基础的探险装备。

我点燃一根火柴，轻轻靠近洞穴。见火焰没什么变化，我松开了手。小小的火星掉进洞穴中，在地板上弹开了。火焰既没有熄灭，也没有变猛。直到看着这根火柴在水泥地上烧光了，我才抬起头。

"好像是安全的，我下去看看。"

"我先……"

"万一有什么不对劲的事情，鸟子看不到吧？必须得我去。"

鸟子咬住嘴唇，用责备的眼神望着我。

"空鱼，你总是用这个理由让自己打头阵。"

"什……因为这是……没——"

这乖巧的四十五度角仰视是什么情况？这家伙不会是故意的吧？！

好不容易让因为慌乱而崩溃的语言系统重启，我试图解释。

"没……没办法吧，因为只有我能做到啊！"

"话虽如此……"

看来她刚刚被我惹哭的后遗症还没恢复。

"你往下爬的时候，我就在上面给你照着。"

"知……知道了。"

我小心地把脚放在梯子上。这是一架每一级的边角都磨得很圆润的木梯子，看着陈旧，踩上去却意外结实，几乎没有嘎吱声。

我一步步往下爬去，战战兢兢地呼吸着里面的空气。空气有些冰凉和潮湿，但似乎是正常的。考虑到这种情况下有可能吸入瓦斯气体昏倒，还是早点儿买好救生索为妙。之前和鸟子也聊到过，在"里世界"探险时会需要救生索，但没想到竟然会在"表世界"的这种地方用上。

我的脚踏上了地面，接着掏出手电筒，确定周围安全后，抬头望向梯子上方。一片漆黑的天花板上露出一个洞，鸟子惴惴不安地从洞口向下观望。

"没问题，可以下来。"

这次轮到我用手电筒为鸟子照明了。下了梯子后，鸟子突然一把将我抱住。

"太好了……"

"喂，我们只不过是下了一层楼而已啊。"

"都怪你刚刚说什么瓦斯气体。"

"那个，鸟子小姐，我们还是先调查一下四周吧？"

我一边努力维持身体平衡一边说道，鸟子再次紧抱了我一下才放开。

我转身背对着鸟子，呼出一口气，用手电筒扫视着房间。

和用手机拍到的照片一样，地下室很小，跟四张半榻榻米大的房间几乎是一样的尺寸。四面的墙壁上涂着雪白的石灰。

房间里只有一个古怪的东西。

西侧的墙壁上，画着一个直径约有四十厘米的蓝色的圆。就像一面蓝色的旭日旗。

"你觉得这会是什么？"

"嗯？"

我和鸟子站在这个蓝色的圆前摸不着头脑。

用右眼看去也……

"怎么样？"

"没什么变化，好像不是'门'。"

"假设'Ｔ'来过这里，那他会在这个地下室里做什么呢？"

"冥想？"

"哦——就像修行一样。"

"或者礼拜什么的。"

"对着这个蓝色的圆朝拜吗？"

"这也有可能吧？"

"不，我说的是'里世界'那边的事。"

"原来如此。"

我点点头。

"上面的足迹，是在关上这个地下室入口时踩踏留下的吧？"

"需要那样踩吗？"

"会不会是榻榻米太硬了合不上？"

"也不是没可能。"

"原来如此。"鸟子恍然大悟地说道。

我们站在这轮蓝色旭日前思考了一会儿。蓝色是象征"里世界"的颜色，可能有什么特殊含义，但我们手头的情报太少了，得不出结论。真希望能有些提示来帮助我们理解。

从上面的房间传来汀的喊声。

"两位都还安全吗？"

"啊，我们没事！"

说起来，发现地下室的事还没有告诉汀。我和鸟子面面相觑。

"回去吧。"

"也是。"

说着，我突然感觉有些不对劲。

总觉得，自己和鸟子之间的距离变远了。

明明平时我们都站得很近的，近到肩膀几乎挨上的程度。

我低头看去，只见地板上还有除了我们两人以外的足迹，和榻榻米上的足迹恐怕来自同一个人。

鞋印是男性的大小，方向朝着那轮蓝色旭日。

简直就像在我和鸟子中间，还站着一个人……

我有种不祥的预感，不由得向鸟子靠近了些。

鸟子一脸不解地看向我。

"我们快回去吧。"

我又说了一次。她点点头。

我们连忙爬上梯子，回到了上面的房间。

"你们又发现了奇怪的东西呢。"回到房间里的汀朝洞穴里看了看，"下去时要是能知会我一声就更好了，这样的行为从各方面来说都很危险哪。"

"你是指有瓦斯气体吗？我检查过了。"

汀微笑着摇了摇头，不知是觉得无语还是好笑。在我们——尤其是我说话时，他常有这样的反应。

"纸越小姐，您还是一如既往地鲁莽。"

是在用我的手枪"玩梗"吗①？在我进行着无意义思考的一刹那，鸟子问道："这样的地下室很常见吗？"

"不太常见。日本的暴力集团用于监禁的设施或秘密基地里有时会有这样的暗室，但普通公寓里几乎不会有这样的房间。可能是特意挖的，也可能这里以前是个防空洞，再或者是农户的地下储藏室，被保留下来，并在上面建了公寓。"

"为什么呢？"

"这我就不知道了。"

---

① 日文的"鲁莽"写作"無鉄砲"，而"鉄砲"是日本火绳枪的意思，因此空鱼在怀疑汀用自己的手枪开玩笑。——译者注

我把地板盖上，又把榻榻米放了回去。榻榻米的确很硬。怪不得"T"也费了不少力气。

我们三人出了房间。汀再次使用撞匙，锁上了门。

"嗯，没找到什么线索啊……"

出了公寓，在走向停车场的路上，我有些焦躁地自言自语道。要说有什么新情报，不过是用手机拍到的地下室照片和蓝色旭日而已。

"还以为能知道些什么呢。抱歉，汀先生，让你陪我们跑了一趟。"

"不不不，请别介意。这件事很重要。"

"也是。没办法，下周我再来看看地下通道的情况。"

"下周？"

鸟子露出惊讶的表情。

"嗯。下次组会，'庙堂男'应该也会参加。"

"下周……"

鸟子和汀面面相觑。

"欸，怎么了？"

"空鱼，下周是黄金周，我们放假。"

"……Oh。"

9

受五月初的长假影响，对"怪异"的探索被迫中止——怎么会有这种事？

然而，答案是有……

我看过不少漫画和动画，但我可不记得有哪部作品中，事件调查因为撞上长假而中止。不，也不一定，这在学校题材的作品里应该很常见吧，可能只是我碰巧没看到而已。

换作平时，能放长假对我来说再好不过，但在这个节骨眼上，真让我恨得牙痒痒。但对象是日历，抱怨也没用。

为了转换心情，我们借这个机会开始着手做一件早就想做的事。

那就是保障从骨架大楼的屋顶下到地面这段路程的安全性。

神保町那扇"门"的最大缺点，就是只能靠一架梯子从三十米高的地方下到地面。幸运的是，迄今为止没发生过意外，但在毫无防护措施的情况下，在十层高的建筑爬上爬下也不太正常，每次都让我筋疲力尽。在危机感的督促下，我们觉得必须做点儿什么，便将这件事提到了待办事项的前几位。

长假第一天，我们带着提前整理好的购物清单前往建材超市，在店里一边用手机搜索，一边看着参考视频，买了不少东西。因为担心买到不需要的东西而后悔，所以我们很慎重，也花了不少时间，结果第二天还得继续购物。之后，我们又去了户外用品专卖店和工作服专卖店，最后行李多了不少。

第三天，带着买到的所有东西，我们来到了小樱家。

"为啥？"

看到拖着行李箱轰隆隆出现的我们，这是小樱的第一句话。

"讨论该在哪里做准备时，我们觉得还是你家的空间最大。"

鸟子回答道。小樱瞪着她，上半张脸皱得像颗梅干。

"我没跟你们说过吗？我家不是公共场所。可能没有吧，一般也没必要说。"

"那个……这是伴手礼。"

虽然接过了我递上的大纸袋，小樱皱巴巴的脸仍然没有恢复。纸袋里装的是我们在池袋西武站地下的GRAMERCY NEWYORK[1]店里买的最大号甜点礼盒。

"哪有这种会在送伴手礼时说什么'这是伴手礼'的傻瓜啊？"

"那我该怎么……"

"我可不是礼仪课老师。"小樱无奈地长叹了一口气，"你们要用就用吧。但别弄坏东西，不然我把你们杀了。"

"多谢。"

"回去时也别留下垃圾。"

"明白——"

"你刚刚怎么停顿了一下？"

之前我还抱着一点点期待，想着拿出东西后破掉的箱子和填充材料能不能跟小樱家的垃圾一起丢掉，所以在她说出那句话时回答慢

———————————

① 日本的人气甜点品牌。——译者注

了半拍。毕竟我知道在她那一塌糊涂的房间角落里堆满了小山似的纸箱，那些都是小樱在亚马逊等线上平台买东西留下的空盒。

一番商量后，小樱同意让我们把垃圾留下，前提是我们把她那堆空盒都压扁分成小份，用塑料带扎起来，方便她在扔废品那天丢掉。

"还是在你们开始滥用'伴手礼'手段之前，缔结这样的合作关系更好。"小樱望着远处说。

"什么关系？"

"劳动付费，公平交易。"

"之前我们不也会从'里世界'收集'异物'卖给你吗？"

"我真的很后悔告诉你们这种旁门左道的赚钱方式。"

"要是有什么其他兼职，如果你告诉我们，我们也会去做的。"

"对对对，为了小樱我什么都会做的。"

"别轻易许诺。世界上不会有任何女人愿意为了我做任何事。"

"小樱小姐？"

小樱脸色不悦地摇摇头。

"虽然我向来觉得不劳而获就是最棒的，但在你们面前我嘴巴裂了也不会这么说。"

"啊，润巳露娜好像也说过这样的话。"

"小空鱼，你说笑话的水平真是不能再糟了。我都想把你的嘴缝起来。"

总之，我们顺利获得了使用小樱的家的许可。我们把行李箱搬进接待室，开始进行准备工作。

开箱，拆开缓冲材料；手忙脚乱地剪标签；检查工具有没有额外库存；记住使用说明书的内容；等等。因为进入"里世界"后说明书就看不了了，所以我们要提前记下重要内容。在骨架大楼的屋顶上，即使处于最糟糕的情况下我们也能回到"表世界"，但道具的用法可能牵涉到我们的性命，容不得丝毫含糊。

宅在自己房间里的小樱似乎很介意接待室里电动工具的响声，频频出现。

"不好意思，是太吵了吗？"

"小樱，我能在这里充电吗？"

望着我们买的东西堆满了地板和桌子的景象，小樱皱起眉头。

"你们到底打算在那边干吗啊？"

"稍微……施工一下？"

我们在庭院里试用了这些工具，又按照约定收拾好了小樱家的垃圾，不知不觉间，太阳已经西沉。我们把带来的东西收回行李箱，又点了外卖作为赔礼，三个人一起在小樱家喝了一场。就这样，假期的第三天也结束了。

第四天，终于到了计划实施的日子。

早上，我和鸟子在御茶水站会合。我们拖着行李箱沿着骏台前的坡道往下走，进了神保町那栋熟悉的大楼，按照熟悉的方式进行操作。五楼的女人今天也没能搭上电梯。

来到屋顶，"里世界"和"表世界"一样是阴天。浅色的太阳从云层间隙中出现，在一望无际的草原上洒下朦胧的光。

我们将行李箱暂时放在电梯前，绕着屋顶看了一圈。几根粗壮的柱子支撑着这栋骨架大楼，我们选了靠近正中央的一根，在与柱子相接的地面试用我们带来的工具。

我把行李箱放倒后打开，将里面的东西一个个拿出来放在铺着蓝色塑料布的地板上。

今天我们俩都穿着全套工作服，以及鞋尖装有铁板的安全鞋。就连这样的衣服鸟子穿起来也很帅，真是叫人嫉妒。我们去专卖店时，看着店里参考用的女模特，我还在想真穿起来肯定不会这么好看。可下一秒，试衣间里就走出了一个跟女模特没什么两样的女子。

我们把工具摆放好，确认没漏掉什么，又将钻石刀装到圆盘磨光机上，用粉笔在地板上圈出四方形的施工范围。

都戴好护目镜和防震手套后，鸟子拿起盘磨机，说道："那，我动手了。"

"注意安全。"

鸟子打开盘磨机的电源开关，高速旋转的钻石刀一碰到水泥地面，就发出锐利的声响，空中的白色粉尘纷纷扬扬。

她沿着刚才画的线在地面上切出一个方形。我屏住呼吸注视着线慢慢延伸，终点最终与起点交会。

鸟子关掉电源，呼了口气。

"这就是第一步？"

"在方形里也划上几道可能会更好，总之先这样吧。"

"OK。那，接下来是电钻。"

已经充满电的凿岩机顶端装着一个长长的钻头，形状就像一把冲锋枪。鸟子用双手将它举起。

"不需要换人吗？"

"没事，我还可以。"

"那拜托了。记得要在疲惫之前换人啊，很危险的。"

"知道了。"

鸟子将钻头抵在刚才用钻石刀切开的凹槽中。她捏住凿岩机的开关，噪声顿时充斥双耳，钻头一下子钻进水泥地里——

为了确保在骨架大楼上下通行时的安全性，我们一开始想的是用救生索。买来在施工现场或登山时用的背带和绳子，戴着这些上下梯子就可以。

但讨论中我们又改了主意，觉得这个方法可能不是非常保险。如果只是在爬梯途中脚滑了，救生索倒是能让我们免于坠落并再次抓住梯子，但要是梯子本身朽坏崩塌了，我们就可能悬在空中，无处可去。虽然骨架大楼没有墙，巧妙地依靠惯性也可以爬进某一层，但在那之后该怎么办呢？要是运气不好停在了某个难以落脚的地方，就只能被太阳慢慢晒死，成为一具挂在绳子上的干巴巴的木乃伊。好惨的死法。

就算梯子崩塌时还有另一个人在屋顶上，但要把一个大活人拉上去也不现实。要是有电动滑轮倒是可以，但滑轮放在哪儿又是一个问题了。没错，在空旷的屋顶上，能将救生索牢牢固定住的地方本来就少。栅栏肯定是不能用的，那只能把绳子一圈圈绕在电梯出口处那个小房子上来固定了。

无论是用绳子还是滑轮，都得先在地板上开个洞，设置一个用于固定物体的点。说着说着，我突然想到了一个主意。

既然都要用电钻打洞了，干脆我们就开个洞，让它直接通往下面不就行了？

一开始我也觉得自己的想法有些荒谬，但研究了一下，这个主意竟然有些可行性。打碎庭院或墙壁上的水泥（专业说法应该是铲除）的操作在DIY①界并不鲜见。YouTube上也能搜到女生自己施工的视频。也有人说老旧水泥很坚硬，里面还有钢筋，这种危险的工作还是交给专业工人更安全——这样的说法虽然没错，但反过来说，只要注意安全就能自行DIY。

我们也查了一下用来铲除水泥的工具，并不贵。还以为要花几十万日元呢，没想到这些工具都只要几万日元就能买到。

就是它了……

---

① "Do It Yourself" 的英文缩写，意思是自己动手制作。——译者注

试试看吧——在骨架大楼里打洞，不用那架长梯下到地面。

制订完计划，做好准备后，今天我们来到了这里。

昨天在小樱家的院子里练习了电动工具的用法。院子角落里放着不知什么时候出现的水泥块和瓦片，刚好能用来"试切"。

小樱嚼着我们买的伴手礼甜点，站在后面看热闹，嘴里还嘟囔着"就这么把一切都破坏掉""我和这栋房子都化为虚无"之类的话。真是佗寂^①过头了。

我们才不会这么疯狂地搞破坏呢。

买的工具看起来质量不错，钻头轻易就整个钻进了水泥地里。只是钻头直径偏小，水泥地的厚度有十厘米，打出的孔并不大。我们参考施工的进展，很快更换了钻头。新的钻头叫"空心钻"，呈较粗的圆柱形，本来似乎是用来铺设管道的。

空心钻直径较大，移动速度也相对迟缓，但能一次性挖出面积更大的洞。施工进行到一半时，电钻的前进突然变得艰涩，原来是撞到钢筋了。我们耐心地缓缓推进，于是钻头突破了钢筋，又嘎啦嘎啦地开始切开水泥。每次打通水泥板就会掉下一根小小的水泥圆柱，让人很有成就感。我们也考虑过要不要用盘磨机切开钢筋，但最后觉得还是用冲力更强的凿岩机直接都钻开更轻松。

---

① 日本美学风格之一。文中指外表老旧残缺、内在完美的事物。——译者注

我们轮流上阵，在地板上打出许多小洞。这种电动工具的危险之处主要在于要是角度不好，或是周围有硬物，就会引发钻头的猛烈震荡。所以我们巨细无遗地读了说明书，还看了不少教学视频，认真学习了一番。

我们不能在这里受伤。在"里世界"因为受伤而无法行动时，是不会有人前来救援的。现在在屋顶还回得去，要是到了下一层，在那里崴了脚呢？恐怕既回不到屋顶，也没法活着到达地面了吧。

因为担心双方都工作得太入神，我们会注意工作中定时休息，喝水，吃点便餐。和平时探险时一样，我喜欢带切成一口大小的盐味羊羹和柿种，鸟子则带了装在塑料瓶里的坚果和果干，也就是所谓的什锦坚果。

休息时，不绝于耳的噪声突然消失，总觉得"里世界"比往常更加寂静。我们俩靠在栏杆上敞开衣襟，让风吹干汗湿的身体，莫名有种平静的感觉。

"空鱼，你好像很高兴。"

"我确实很高兴。"

"你都笑了。"

"嗯。"

我知道自己现在笑眯眯的。我真的很愉快。虽然在"里世界"探索未知事物也很让人兴奋，但这样的工程我也很喜欢。

"鸟子，你平时玩游戏吗？"

"游戏？桌游吗？还是说手机游戏？"

"都不是，比如PS或者Switch之类的。"

"没有。小时候家里倒是有。"

"我自己也不玩，但看过实况。玩家不都会一边留存档点一边前进，然后在各个据点休息整备吗？"

鸟子抬头思考了一会儿说道："你是指《Minecraft》^①之类的？"

"对对，就是这种。"

《Minecraft》这么有名，鸟子肯定知道。这么想着，我点点头。

"然后呢？"

"我觉得，我可能是把自己对一直想玩的游戏的期待倾注到了'里世界'上。"

"你的意思是，对你来说探险就像一场游戏？"

"也不太一样……总觉得这让我想起了以前看实况时的一些想法。我一直觉得，就这样一点点搭建起只属于自己的据点，能做的事情不断增加，然后继续前进，应该会很快乐，总有一天自己也要尝试一下。"把私人想法宣之于口确实很难为情，我不由得笑了起来，"然后，哈哈，不知不觉间我已经不是在玩游戏，而是自己亲自动手做起了这些事。"

"只属于自己的据点……"鸟子瞥了我一眼，有些不高兴地说

---

① Minecraft中文译名《我的世界》，是一款玩家可以在一个三维世界里用各种方块建造或者破坏方块的沙盒建造游戏。——译者注

道，"我在这里打扰到你了？"

我也毫不退让地瞟了一眼鸟子。

"那倒也不是。"

"那你再说一次。"

"有你在。"

"有我在？"

"我很高兴。"

我放弃了抵抗。鸟子露出灿烂的笑容，突然撞了一下我的肩膀。

"啊，等一下！"

"空鱼能变得这么坦率，我也很高兴！"

"我刚刚有很坦率吗？"

"大概能得六十分吧。"

"分数还挺高的。"

"你真是宽于律己……"

"已经够了吧。六十分算低的话，一百分又能怎样呢？"

"欸，这……"

"啊，算了。不用说了。"

"一百分的话——"

我打开了凿岩机的开关，所以没听清鸟子后面的话。鸟子愤怒地说着什么，不用听也能大概猜到，无非是"现在只有三十分了"之类的。

我们用凿岩机打开一个个小洞，绕着四方形走了一圈又一圈。为了把钢筋留到最后，我们的动作非常谨慎。到了某处，剩余的钢筋不堪重负，终于折断了。厚厚的水泥板悬吊在下层，就像一个向内折叠的盖子。

我们又换回了盘磨机。刀刃碰到折断的钢筋时，火星四溅，甚至弹到了护目镜上。钢筋一根又一根地被切断，再用换成长钻头的凿岩钻一戳，水泥块终于被连根铲除，掉落在下层地板上。

"太好了！"

"打通了！"

欢呼雀跃的声音在寂静的"里世界"里回荡。

我们一边品味着成就感，一边从房顶上凿开的这一平方米大的方形洞穴往下看。洞穴边缘很粗糙，不断有石子崩落，但我们还是决定先下去看看，洞口的修整就改日再议吧。

我们将一架折叠式伸缩梯探下洞穴，在满地水泥块的中间勉强使其立住，确定梯子放稳后，先后顺着梯子来到了地下。

"哎呀，总算来到十楼了。"

"我们花了多长时间？四小时？"

"是吗，没想到真的可行……"

"问题在于电钻该怎么充电呢？虽然带了电池。"

"一想到还要重复九次这样的操作就觉得好麻烦。"

第一次来到十楼，我们在四处转了转。这里什么也没有，穿堂风

拂过空荡荡的楼层。视野中只有柱子。从外部看，下面几层也差不多是这样。但因为十楼有天花板，挡住了部分阳光，这倒是挺新鲜的。

"下一个洞要开在哪儿呢？"

"考虑到楼体的强度，尽量别开在第一个洞附近吧？"

"话虽如此，要是离得太远了也不方便，要不就开在隔壁的柱子旁吧。"

"楼层中央还挺暗的，真想有盏灯啊。"

"真想给这里通电……在屋顶设置便携式电源，再用延长线吊下来会很乱吗？"

"如果只是需要照明，我们在各层有光照的地方装设太阳能电池不就行了？再连一台人体传感器，灯就能在我们上下楼时自动打开。"

"鸟子，你真聪明……"

"你每次这么夸我的时候，好像都挺不甘心的，空鱼。"

"嗯……"

没想到鸟子会指出这一点，我一时语塞。

"本小姐很温柔，就算被当作笨蛋也不会生气的。"

"我并没把你当笨蛋……"

"那你是怎么想的？"鸟子看着试图辩解的我，用有些冰冷的语气问道。

"抱歉，让你不高兴了。"

见我战战兢兢地道歉，鸟子笑了，一把抱住我的肩膀。

"啊！"

"好坦率！给你七十分！"

"快——住——手，好重的汗味！"

我挣扎着脱离她的手臂。这家伙竟敢蹬鼻子上脸！

在调整心态时，鸟子已经开始一脸若无其事地观察下一个施工位置的地板了。她一边把头发拢起，一边转向我问道："今天要开工吗？电量应该还能撑一层楼。"

"嗯……要不我们先把午饭吃了再考虑吧？"

"啊，赞成。我肚子也饿了！"

我们回到屋顶，带上装有贵重物品的包从电梯回了"表世界"。早上买些吃的带过去也可以，但难得在闹市区，所以我们约好了去外面吃饭。

身上的工作服被水泥灰染得雪白，我一时间不知道该进哪家店好了。虽然脸和手已经擦过，但还是不敢去精致的餐厅。我们挑了一家比较接地气的西餐厅，混在西装白领和工人们中间，吃了一顿分量扎实的套餐。我点了黑咖喱配满满芝士的炸猪排，鸟子点了炸比目鱼和猪肉生姜烧。大口吃完白菜丝和米饭后，酒足饭饱的我们又坐上了电梯。

回到骨架大楼的屋顶上，午睡了一小时后，我们在十楼重新开工。

第二次开工多少抓住了些诀窍。这一次，我们没有先用盘磨机画线，而是一开始就动用了电钻。用带来的电池充了电，电钻还能用。

打通这个通往九楼的洞穴花了大约三个半小时，看来还是没能让时间缩短多少。

"就算从早干到晚，最多也只能打通两层，到一楼至少需要五天时间……"

"空鱼，你不会想在这个假期里干完吧？"

"是不是不太可能？"

"你先别急。虽然我们现在都很兴奋，但我有预感，明天一定会浑身酸痛。"

"嗯，确实……"

长时间拿着沉重的电动工具，以及在高速震动中让电钻保持对准水泥地的角度，的确是桩繁重的体力劳动。

夕阳从侧面洒进了楼层。

我们拖着疲惫的身体上了顶楼，把工具收回行李箱。脚手架可以留在大楼里，所以行李比来时要轻一点儿。

我们赶在太阳下山前冲进了电梯。门关上后，总算松了口气。汗水和粉尘让身体变得黏糊糊的，就连鸟子也露出了倦意。

电梯来到一楼，我们拖着行李箱走了出来。望着夕阳下的街道，我思考了一会儿，开口说道："离这里不远的地方有一个公共浴池，有些年头了。"

"欸？"

鸟子一脸惊讶。

"要不要去洗个澡？"

她的眼睛瞪得溜圆。

"可……可以吗？"

"你的反应好吓人。"

"可是……"

哪有什么可不可是的。

——总觉得自己的内心吐槽越来越像小樱了。

"所以去不去澡堂？"

"我去我去。"

"那我们走吧。"

我看着手机里的地图迈开脚步，鸟子小跑着跟了上来。

"空……空鱼……你突然间这是怎么了？"

"没什么啊。鸟子你也想洗个澡吧？"

"但是……"

我叹了口气。

"我反省过了。之前在酒店举行女生聚会时，你不是超级期待大家一起洗澡的吗？到后面我却喝多了，所以一直想找个机会补偿。"

"空鱼……"

"但是——"我在眼泪汪汪的鸟子眼前竖起一根手指，叮嘱道，

"不准在公共澡堂里泼水玩闹。那里可是公共场所。"

"泼水玩闹？！"

我似乎提出了一项有些糟糕的活动。

"总而言之，只要你遵守规矩，要去几次都行。"

"几次都行？"

"算了，我们走吧。"一边思考一边说话实在太累了，我随口说道，"我虽然不觉得鸟子是个笨蛋吧……但有时候你的智力好像会大幅下降的样子。"

"欸？什么时候？"

"就是现在啊！"

10

正如鸟子预料的那样，第二天便累得爬不起来了。因为端着不熟悉的电动工具，趴在地上施工了一整天，平时不常用的那些肌肉叫苦连天。

躺到傍晚，我终于爬起来，去便利店买了便当。假期的第五天就这么结束了。

第六天，我们又出门购买了折叠式的脚手架和用来固定住脚手架的卡子。

假如能在骨架大楼内部通行无阻，不仅上下楼的安全问题能得到保障，迄今为止被视为禁地的十楼到二楼也能踏足。也就是说整栋大楼都将为我们所用！

虽然这栋楼并不完整，连一面墙都没有，但需要墙的话也可以砌。我兴奋不已。

我心里也隐约意识到，这里并不适合利用，但无所谓。这栋大楼就像是只属于我们两人的一个大房子，不，应该说是城堡或者是寨子。总之，一想到我们在"里世界"拥有这样一个据点，就感觉能做的事一下子变多了。

"这里就像是魔法使居住的塔楼一样呢。"

买东西时，鸟子随口说出的比喻让我灵光一闪。就是这个！我不由得伸手一指。

你很懂嘛，鸟子……

"小时候读过的绘本里，写着在人迹罕至的森林深处，有一座魔法使居住的塔楼。当时我可向往了，特别想住在里面。"

"我懂我懂。"

随着相处的时间变长，我逐渐发现，不只是我一个人对"里世界"怀抱着某种浪漫的印象。

回想起来，在我第一次描绘"里世界"地图时，鸟子也说过"就像藏宝图一样"。看到"迷家"①里的厨房时，她的眼睛也闪闪发

---

① 《里世界郊游5：再会八尺大人》中出现的山中庭院。——译者注

光。我觉得这样看待"里世界"的自己很幼稚，因此感到难为情，但没想到鸟子也是这么想的。

听我这么说，鸟子有些不好意思。

"可能是因为我不擅长交朋友，总是自己一个人玩，当时我想象出了一个不存在的国家和一些不存在的朋友们……所以，发现'里世界'的存在时，我超激动的。"

我默默无言地注视着说话的鸟子。

初次见面时，我还以为这个女生是和自己完全相反的阳光性格。

"怎……怎么了？为什么这副表情？"

"没什么。只是觉得自己之前真是瞎了眼。"

"嗯？"

现在我看到的，是不是比之前多了些呢？

鸟子和刚开始时一样，还是不断地向我靠近。而一直以来只会逃避的我，近来终于能挺身面对，努力去接受她的帮助了——实际上也不知道有没有做到，但总之我在努力。

鸟子放弃救闰间冴月后（真的放弃了吗？我还是有点儿担心），我曾经担心过她是不是在勉强自己配合我的探险，现在这一点似乎可以放心了。

"明天什么安排？还去施工吗？"

"嗯……明天好像会下雨。"

"啊，那我有点儿不想去了。表里世界的天气还挺同步的。"

"拖着大行李箱走在雨中也挺麻烦的。"

"那就下次吧。"

"长假也快结束了。"

"真快啊。"

结果整个假期里真正动工的时间也就只有一天，以后就利用周末时间一点点推进吧。

聊着聊着，要做的事情越来越多了。比如在屋顶洞穴旁搭一个雨棚啦，既然这样不如直接搭一个帐篷啦，用铁管搭一个滑轮方便从洞穴往下运送重物啦，拓宽洞穴以便大件行李通过啦，等等。

长假第七天，和天气预报里说的一样，下起了雨。我们各自待在家里，做做大学课题之类的，简单地度过了这一天。说起来，下次组会我还得讲解自己的课题——完了，什么都没准备。

就这样，假期结束了，我们迎来了周四。

来到大学时，非常罕见地有人来找我搭话了。

"那个，纸越同学，我有件事想找你商量。你现在有时间吗？"

我惊讶地看向对方。

上节课是地域文化论，我刚准备回家，对方就像瞅准了这一刻似的叫住了我。是个看起来有点儿眼熟的女生，呃……名字是……

"我叫红森，我们是同一个课题组的。"

"啊，你好。"

哦，是红森同学，和我同级，也参加了组会。她体形微胖，长得很可爱，嘴巴偏宽，是讨人喜欢的类型。

"你说想找我商量，是什么事呢？"

"那个……事情有点儿难以启齿。"

"嗯？"

红森同学左顾右盼了一会儿才压低声音说道："我听说纸越同学你有'灵感'。"

我不由得仰天长啸，怎么又被人这样说……

"是谁？"

"欸？"

"是谁这么说的？你问了其他人吗？"

"欸，是谁来着……我不记得了，但应该是很久之前听说的，说不定是大一的时候了。"

"这样啊……"

那看来，是我自食恶果了。

"我没什么'灵感'，先告辞了。"

"啊，等一下！但你很了解怪谈，对吧？"

"呃……知道一些。"

条件反射地回答后，我就后悔了。早知道应该说没有的。

红森同学看上去松了口气，滔滔不绝地说了起来。

"太好了！我最近遇到了一些跟怪谈有关的麻烦，除了纸越同学之外，我不知道还能向谁求助了。"

跟怪谈有关？

"是什么事？"

她露出了笑容，像是早就知道我会产生兴趣。

"你接下来有时间吗？"

还是上钩了。

事已至此，我只能听听红森同学想说什么。我们慢吞吞地来到了校内的咖啡店，坐在了上次和茜理坐过的那个靠角落的位子上。

"黄金周期间，我和小组里几个关系比较好的朋友去试胆了。"

红森刚开始说，我就不禁吐槽："为什么？"

"欸？"

"为什么要去试胆？"

"欸，不行吗？"

"也不是不行……"

一群笨蛋大学生去试胆，做了一些傻事，然后发生了惨剧。这是怪谈中常见的套路之一。

我甚至以为试胆只是一种虚构的活动，没想到还真有人去啊……

我百无聊赖地用手托着腮，随便地说了一句："肯定是犯了什么错，然后遭殃了呗。"

"啊——你真厉害！没错，我们所有人都遇到了怪事。"

红森露出难以置信的表情，我越发不耐烦了。

"那你可能找错人了。我这种熟悉怪谈的人只会告诉你'好像在哪里读到过这个故事'而已。"

"是吗？"

"去过寺庙或者神社吗？虽然不知道有没有效果啦。"

隐约记得茜理因为猫咪忍者的事来向我求助时，我好像也是这么说的。

"莫非已经去过了？还被骂了一顿，说你们犯了大错？"

"去寺庙求助，然后被和尚责备"也是这类故事的固定套路。实际上，我们确实遇到过模仿这个桥段的"里世界"生物——在被"山之件"附身后的旋转观景台里。

"倒是没去寺庙。相对的……"红森同学的神情有些异样，我突然产生了一种不祥的预感，"我们组里不是有个叫作'T'的人吗？"

哈——竟然在这里联系起来了……

原来如此吗？

对方正在以这样的形式向我接近？

我用手扶着额头，开始思考。

红森来找我时，我已经隐约意识到了，这可能和茜理那时一样，是与'里世界'有关的事件。

小樱曾经说过的话在我脑海中闪过。

——不可理喻的现象都挤在一起……

——上下呼应，意有所指……

——还不知道到底是恶意的胁迫还是善意的提示……

小樱当时的自言自语虽然是在说闰间冴月，但从后来的经验来看，用来描述"里世界"对我们的接触也很合适。

这也是来自"里世界"的接触吗……

"那个，纸越同学？"

对方疑惑地问了一声，我抬起头。

"怎么了？"

"你突然不说话了，没事吧？"

"你叫他'T'吗？"

"啊，是的。他好像是庙堂出身，所以我取首字母叫他'T'。"

"你知道他的原名吗？"

"这么说来，好像确实不知道。明明是同一个课题组的，真奇怪，哈哈。"

也是，他一定没有原名。

一开始我还有些不确定，但"T"应该不是拥有肉体的第四类接触者，而是化为人形的"现象"。

也就是说，我遭遇"T"并不是在被"破！"的那一瞬间，而是现在进行时。

"里世界"的"现象"以怪谈《出生于庙堂的T先生》为名出现，而今我也正在遭遇着它。

现在发生的这一系列事件，正是以怪谈形式出现的人类遭遇"里世界"的案例。而对感知到这些事件的我而言，这也是来自"里世界"的接近。

我长长呼出一口气，靠在椅背上。

"纸越同学？"

"我明白了。"

"欸？"

"好吧。我就听听你遇到了什么。"

似乎对我突然间的态度变化有些吃惊，红森同学咽了口唾沫，开始讲述她的故事。

11

红森等人参加的试胆大会发生在长假第二天。不知是谁提到大学附近有个知名的"灵异地点"，他们便决定去现场一探究竟。

"这件事我们在假期之前就说过了，大概是上次开组会的时候。之后我们几个出去吃饭时又聊到了这个话题。"

是我和茜理跟踪"T"的那天。

"对了，我想起来了。其实纸越同学多少有点儿责任。"

"啊？我？"

"说是'责任'可能不太合适。那个，纸越同学喜欢恐怖故事这件事本来也很有名。”

“很有名吗……”

“嗯。我们大一入学时举行过一场学院新生欢迎会，当时你挑衅大二、大三的学长学姐后非常生气地离开了。真是令人印象深刻啊，我都吓到了。”

呃……说起来，我好像确实干过这种事。

明明我不想记起来的。

“在那之后你一直独来独往，大家对你也不太了解。但大二以后，你突然戴着单片闪闪发光的美瞳来上学，这已经很显眼了，可你身边还跟着一个像读者模特①一样的女生。金色头发，长得特别漂亮。”

“哦，嗯。”

“那件事也引发了一些话题。后来还听说你帮其他学院的女生解决了让她烦恼的‘灵异现象’，我才知道原来你是那种类型的人，听起来也很合理。”

“哦，哦……”

她说的应该是茜理。实际上当时发生的并不是“灵异现象”，而是被猫咪忍者袭击，但告诉她真相反而会让事情变得复杂。

“在那之后，我和纸越同学只是偶尔会上同一堂课，所以也不太

----

① 一种特殊的模特形式，在日本较为常见，指以杂志读者身份登上杂志的非职业模特。——译者注

了解你的事。第一次开组会时，你在自我介绍里提到自己喜欢实话怪谈什么的，当时我就想，你还是老样子啊。"

"你那时也在吗，红森同学？"

"当然，那可是第一次组会。"

"当时我干了什么？"

"嗯？"

"我不太记得当时的事了。"

"欸……纸越同学你是喝了酒吗？还是说……"

红森半开玩笑地说，但又有些怀疑地观察着我的样子。我突然反应过来，连忙说道："不不不，我可没吃什么奇怪的药之类的！"

"是……是吗？"

"之前我不是戴着眼罩嘛。好像是在那次组会之后撞到了脑袋，有点儿脑震荡。"

"啊，抱歉，那很严重吧？现在已经治好了吗？"

"嗯，没事了。"

可能是因为这个谎已经对茜理编过一次，这次流利得连我自己都感到惊讶。

"嗯……那天你做了啥来着……"红森似乎相信了我的谎言，一脸严肃地望着半空，"啊，我想起来了。组会结束后大家回去时，感觉你走得特别急。"

"我吗？"

"没错，就像是追着某个先出了教室的人走了一样。"

追着某个出了教室的人……

莫非当时的我也发现了同一组的"T"不对劲，所以追了上去？我确实会这么做，起码会想要弄清他的真面目。

然后在某个时间点，吃了一记"破！"。

"这就说得通了。"

"真的吗？那太好了。"

红森看上去松了口气。

"那……你刚才为什么说你们去试胆我也有责任？"

"啊，对对。我和朋友们聊天时说到了你。说你连着两周戴着眼罩来上课，不知道发生了什么，还有之前明明对怪谈那么感兴趣的，不知道为什么换了研究课题。"

背地里被议论的不快让我皱起眉头。

"然后呢？"

"顺着这个话题，就聊到了大学附近有灵异场所这件事。大家借着酒劲决定过去看看。"

我不过就是被提到了而已啊……别把责任推给别人！

真是很老套的大学生试胆桥段了。按照实话怪谈的展开，走上这条路的人都不会有什么好下场。

不是，真没想到，还真有人干这种事啊……

我无语得几乎有些佩服了。

这要是美式恐怖电影的话，他们就会在杀人魔藏身的露营地嬉闹，然后一个个被杀，只有女主能活下来。简直称得上"烂醉大学生灵异地点试胆团体竞技项目"的日本代表团了。

"你说的那个'灵异地点'在哪儿？"

"嗯——在生协后面，大学西侧。那里不是有个住宅区嘛。"

不是吧。

"我们进去之后……口头说不清楚，稍等一下。"

红森打开了手机上的谷歌地图，我用怜悯无力的眼神看着她。果然，屏幕上显示的所谓"灵异地点"就是那栋公寓。

"果然……"

"你知道啊，不愧是纸越同学。"这样的夸奖一点儿也不令人高兴。红森压低声音接着说道，"这可是超级凶宅，八个房间，每一个都死过人呢。"

"我不知道这回事，'大岛teru'上也有这栋公寓吗？"

"那是啥？"

"一个专门记录凶宅的网站。"

"欸？还有这种网站啊！纸越同学，你果然很厉害。"

还以为没人不知道"大岛teru"呢。

要是真去搜，大概也搜不到吧。每个房间都死过人是什么情况？这个传闻也编得太随便了。

"然后呢？你们就什么也没想，直接进去参观了？"

"一开始我们没打算进去的。那也太过了，而且算非法入室吧。"

"哦，这样啊。"

比我想象得理智一些。

"但来到公寓门口时，大家都变得有些不对劲。"之前一直很平静的红森，说到这里时，身子抖了一下，"当时在场的有我、蔡同学、土井田同学和荒山同学。"

听人名隐约有点儿印象，但完全想不起他们的样子。

"荒山同学突然说，二楼窗边有人在看我们，那个人的脸长得就像用黏土捏成的一样。但其他人都没看见。之后，蔡同学又说一楼尽头的房间门口有人。当时我有点儿害怕，就提议大家回去。我们聊了没一会儿，突然发现荒山同学不见了。"

"噢。"

"我们正感到奇怪，又发现一楼尽头的房门开着。我觉得很荒谬，就给荒山同学打电话，结果从开着门的房间里传出了铃声！"

"那还……挺恐怖的。"

深夜的寂静住宅区、消失的同伴、从漆黑的公寓里传出的铃声……因为我也去过那栋公寓，脑海中浮现出逼真的景象。

"我和蔡同学都吓得快哭出来了，不知道荒山同学是不是自己进了那栋公寓，又为什么要这么做。然后土井田同学就说他去看看。我阻止过，但他好像特别兴奋。"

与其说是兴奋，不如说是混乱吧。

"他就当着我和蔡同学的面大步走进公寓，到了尽头那间房间的门前。然后土井田同学突然站住了。我们还没明白发生了什么，他就开始对着门里面说话。"

"房间里的是荒山同学？"

红森摇摇头，她已经颤抖得很明显了。

"一开始我也以为是这样的。但很奇怪，土井田同学和荒山同学是同级，关系也很好，之前说话都很随意的，不知道为什么却突然开始说敬语，感觉很恭敬的样子。就是'啊，您好''啊，不是的''啊，其实我有点儿''嗯——我不太明白''非常抱歉'这样的语气。"

在模仿土井田说话时，红森的口吻突然变得异常生动，令我吃了一惊。她没理会困惑的我，语速飞快地接着往下讲。

"我叫了一声他的名字，但他没搭理我，还在那里说话。于是我又喊了一声'喂！'，这次土井田同学突然转过头来，大吼一声'我知道了！''我跟着去！'那可是刚过半夜十二点啊！他把眼睛睁得特别大，突然朝我们猛冲过来！我们也大声尖叫。那可是刚过半夜十二点，在住宅区啊！土井田同学笑容满面地朝我们跑来了！在他身后，走廊尽头的房门里冒出一个手拿锯子的人，他的脸被打得稀烂，上面插满了钉子。那个人看向我们——"

"到此为止。"

"这时不知从哪里传来了'T'的声音……"

——破！

我感觉被人揍了一拳，眼前金光闪烁。

极度的眩晕让我的视线变得模糊。回过神时，我已经从椅子上摔下来，躺倒在地。看来，刚才那一瞬间我昏迷了。

我茫然地抬起头，发现坐在椅子上的红森同学身后站着那个男人。和第一次见面时一样，年轻男子长发及肩，眉间长着一个像佛祖那样的疙瘩。是"T"。

"哎呀呀，真是费了我一番功夫。""T"瞥了我一眼，"是DS研吗？还真是钓上了一条小鱼。"

发生什么了？为什么"T"知道DS研的名字……

我挣扎着想起身，"T"兴致缺缺地背过身去。

"让可爱的小女孩儿感到害怕可不是男人该干的事……"

他离去的身影融进了光芒中——

"客人？"

"——什么？"

我眨巴着眼睛抬起头。

此刻，我正独自坐在咖啡店的雅座上。窗外的天空已经漆黑一片。店里只有我一个人。

"非常抱歉，快到我们关店的时间了。"

"啊，好的。"

听了店员的话，我一边条件反射地回答，一边看向桌子。

桌子上放着装有水的玻璃杯和喝剩下的半杯红茶，红茶已经凉了。此外，还有装蛋糕的空盘。发票上只有一人份的餐点。

对面的椅子是空的，红森和"T"都不见了。对面的桌子被擦得闪闪发亮，连一枚指纹都找不到。

简直就像——这里从一开始就只有我一个人一样。

正准备关店的店员频频看向我。我呆呆地站起身，拿着发票走向柜台。

"非常感谢。您这边消费了一份蛋糕套餐——"

"那个，不好意思。"

"怎么了？"

"刚才，除了我之外，这里还有其他人吗？"

"没有啊……"

店员露出疑惑的表情，于是我快步走出了咖啡店。

我奇怪地回过头，只见玻璃门内侧挂着的"OPEN"的牌子已经被翻到了"CLOSED"那面，与此同时，店里的灯也熄灭了，全店陷入了黑暗。

在那之后一片死寂，没有任何人出来。

我感觉一切都很不真实，像是在做梦。

又中了"T"的招儿，是吗？这次虽然没有因为"破！"而失忆或失明，但我毫无疑问被攻击了。

可这算是什么样的攻击？

什么时候，在哪儿遭到了攻击？

我掏出手机想看看时间，却发现近二十分钟内，鸟子和小樱给我打了无数通电话。

这时，鸟子又打来了。

"喂？怎么了？"

接通电话后，鸟子倒吸了一口气，声音听起来安心不少。

"啊……太好了，你没事。"

"抱歉，刚刚没看手机。怎么了？"

"'Ｔ'出现了！"

"欸……在哪儿？"

"DS研好像被袭击了。"

"啊？袭击……是怎么回事？"

我还没能理解鸟子所说的话，电话那头的鸟子激动不已。

"他突然出现，在第四类接触者们的病房里大喊了'破！'。我又联系不上你，还以为你被卷进这场袭击里了呢！"

12

我的大学位于南与野站，从这里去往位于溜池山王站的DS研，再怎么着急也要一小时以上。我坐公交从大学到了地铁站，又换乘电车，实际到达时已经是晚上八点半，距离接到鸟子的电话已经过了很长时间。

除了鸟子和小樱外，我又联系了汀，很快便知道没有人因为"破！"而失去记忆，这让我放心了不少。但我还没来得及询问细节，汀那边就失联了。

大概是现场太混乱了吧。我和鸟子、小樱决定先到DS研会合，了解情况。

趁着从溜池山王站前往地面的时间，我再次拨打了汀的电话，这次打通了。

"非常抱歉，刚才一时间腾不出手来。"

"你没事就好。我马上就到，方便上去吗？"

"好的。电梯还能用，各位按平时的方法上来就好。"

我走下通往地下停车场的斜坡，进了电梯。因为我不是DS研成员，没有能打开隐藏楼层面板的钥匙，只能长按紧急呼叫按钮后对着麦克风自报家门。

"我是纸越。"

没人回复，但电梯自动开始上升，来到了一个没写层数的地方。门一开，一股消毒水的味道扑面而来。

鸟子和小樱正等在电梯间里。

"空鱼！"

"抱歉，我迟到了。现在情况如何？"

"这个嘛……"

"事情比较麻烦。汀正等着呢，走吧。"小樱替鸟子回答道。

"在等我？"

"他需要小空鱼的眼睛。"

我们从电梯间来到大厅。这里有大约十名身穿灰色工作服的Torchlight接线员正站在汀身旁和他交谈。每个人身上都带着手枪或电击枪。

"汀先生。"

"哦，纸越小姐，辛苦您跑一趟了。"

汀发现我之后点了点头。

"电话里没有说得很清楚，发生什么事了？"

"有不少患者都遭到了攻击。我们想尽快进行处理，但现在无法接近病房。"

汀指了指通往病房那条长走廊的入口，现在入口处被一扇粗糙的防火门挡住了。

"摄像头也受到了影响，完全没法知道发生了什么，但——"

汀用手里的平板电脑给我们看了一段视频。

这段视频应该是设置在高处的监控摄像头拍下的。从画面一角出现了一名男子，他身材高大，有一米八以上，穿着夹克衫，头发披散在背后。是"T"。

"这是大约两个半小时之前的视频。这名男子突然出现在医院里，就像凭空而来的一样，没乘电梯也没走楼梯。"

"T"扭头朝向摄像头，拿开墨镜盯着镜头看。随即，视频画面变得扭曲，只剩下一堆噪点。扭曲的影像中，勉强能辨认出一个已经不成人形的影子移动着消失在了屏幕之外。

"这是怎么做到的？"

"原理不明。以前入院的患者当中也有能影响图片和视频等记录媒体的人，可能是类似现象。"

小樱接着汀的话头插了一句："小空鱼你们可能也试过，在'里世界'是拍不出正常照片的，拍下来会变成从未见过的风景或者'灵异照片'，就像是'里世界'的现象在拒绝被记录一样。"

我和鸟子点点头。我们当然很早就尝试过拍摄"里世界"，除了照片，还有视频，没有一次拍出来是正常的。照片的角度就像是其他人拍的，有时甚至把我们自己也拍进去了。但在"里世界"期间，那些照片看起来就像正常的照片，只有在回到"表世界"之后，才会发现不对劲的地方。有些比较瘆人的照片我们当场就删掉了，剩下的那些不那么吓人的、有韵味的照片和视频还留在手机里。

汀切换到其他摄像头拍摄的影像。这是一间病房的内部，病房墙角处堆着小山似的纸捆，纸条轻轻飘动着，就像有风吹过。这样的场景我曾经见过，这里住着第四类接触者。这时，房门被打开，"T"走了进来。

"上锁了吗？"

"当然。"

"T"举起右手，张大了嘴。虽然这段视频没有声音，但我还是好像听到了一声"破！"。蓝白色的光芒炸裂开来，画面变成了空白一片。病房里的光景从边缘处开始逐渐恢复，但画面中还残留着一个扭曲的同心圆图案，让影像变得难以分辨。纸捆一样的第四类接触者平铺着散落在地，就像一堆被碰倒的打印用纸。"T"已经不见踪影。

汀继续在平板电脑上滑动，调出一些捕捉到"T"在医院里走动的监控片段。

"就这样，他接触了好几位患者。"

"那个人……死了吗？"鸟子轻声问道。

"不知道。需要确认一下，但我们现在进不去。"

"欸？莫非'T'还在那边？"

我回头看向防火门。

"起码我们还不能肯定他已经走了。"

"即便如此，我们有这么多人，也有枪，不能过去查看吗？"

我和鸟子这种第四类接触者也就算了，连汀和Torchlight的人也对"破！"这么警惕，令我感到不可思议。

对我的疑问，汀慢慢摇了摇头。

"问题不在'T'身上。"

他滑动的手指停了下来，平板电脑上映出一段新的监控影像。

这是在某个房间，从天花板一角向下拍摄的视频。一名身穿病号服的女性正盯着朝向走廊的大窗户，视频中只能看见她的背影。

女性慢慢向后退去。在她的视线前方，房门打开了。

在拍到"T"之后，画面就被噪点吞没了。

"原来如此。"终于明白发生了什么，我发出了呻吟。

刚才的监控画面上是润巳露娜的病房。

"T"把润巳露娜从封印她的隔音监狱里放了出来。

鸟子和我面面相觑。

"你觉得露娜也被'破！'了吗？"

"要是这样就好了……"

我倒是不关心露娜会不会被"T"袭击，不如说她中招儿了我还更高兴。但如果不是这样，现在打开防火门就太危险了。要是在我们打开一道缝隙想查看情况时，露娜下令让我们"自相残杀"该怎么办？就算不这么直接，她也有其他选择，比如发号一些"别动"或者"睡吧"之类的指令。

"耳塞对她的'声音'不起效果。我们也讨论过要不要大声播放音乐，但不能确定这一招儿是有效的。"

"真该多做点实验的……"

"这一点我确实无法反驳。"

我本来只是在自言自语表达懊悔，却变得像在指责汀了。要论指责，从刚才开始，一直有件事让我耿耿于怀。

"汀先生，这件事可能是我的责任。"

"纸越小姐的责任？"

"其实在来这里之前，我在大学——"

我向众人讲述了自己在咖啡店里遇见"T"的始末，以及当时"T"说出了"DS研"这个名称的事。

"所以我在想，'T'会不会是和我接触后获得了关于DS研的情报，才来的这里。"

"原来如此……但关于这一点，我也有些担忧。"

"嗯？"

"在最初那段视频里看到'T'时，我总觉得他有些眼熟，但想不起来在哪里见过。再加上前几天和两位一起前往那栋公寓时，我曾经在门外把风，对吧？"

"是的，在我们调查地下室时。"

"现在回想起来，总觉得那段记忆有些不对劲。当时我好像大梦初醒，想到两位在房间里一直没发出声音，觉得有点儿奇怪才折返的。"

说起来，我们在掀开榻榻米和发现地下室时都发出过大叫，就在门外的汀却毫无反应。

"虽然没有明确的证据，但我怀疑自己在那段时间与'T'产生了接触。与其说是纸越小姐的原因，我觉得对方更有可能是通过我知道了DS研的存在。"

我无话可说，但汀应该也是在用他的方式试图减轻我的心理负担。想到这一点，我调整了一下心态。

"不管他是怎么知道的，现在都已经不重要了。唯一确定的，就是没有我和鸟子，谁也无法打开这扇门。"

"正如您所言。虽然这么做会给两位带来很大的负担，也实非我的本意。"

"不，我们会去的。我们要去，你不用介意。对吧，鸟子？"

"当然。"

鸟子理所当然地轻声回答。实际上这也确实是理所当然的——对鸟子来说。

初遇还没多久时，我就深刻体会到了鸟子是个会毫不犹豫向他人施以援手的人。对于习惯作壁上观的我而言，每次看到这样的鸟子，我都有种负罪感，仿佛自己的丑陋和卑鄙被暴露在阳光之下。

直到现在，我人性中的丑陋之处也没有多大变化。但不知从何时起，鸟子这种令人自愧不如的高洁品质，在我眼中变得眩目而帅气。

这时小樱焦躁地说道："我一直在想，那孩子去哪儿了？"

她说的是我们从"里世界"带回来的无名少女。

"寻找她的下落也是我们需要尽早进去调查的理由之一。"

汀回答道，他的神情看上去比平时更加阴鸷。

防火门被打开时发出的金属碰撞声，在一片寂静的医院里像枪声般震耳欲聋。

与此同时，我和鸟子从门口探出头，看了一眼里面。

长长的走廊里空无一人，左右两边病房的每一扇门都被打开了。

"没事吧？"

鸟子小声问道。我点点头。

"不在。用右眼什么也看不到。"

为了避免被突袭，我继续用右眼盯着整条走廊，余光里看见鸟子回过头，向我们身后打了个手势。

为了避免受到润巳露娜的"声音"影响，我们让后方的汀等人别靠得太近。明明这里有这么多职业战士，能进防火门的却只有我和鸟子两个人，总觉得很好笑。

鸟子用橡皮门顶挡住防火门，防止它关闭，然后拍了拍我的肩膀。

"走吧。"

"OK。"

我走了进去，鸟子也跟着进来，和我并肩而行。因为要集中精神观察四周，我没有拔枪。鸟子将马卡洛夫手枪举在胸前。枪口虽然是向下的，但如果有什么东西突然出现，只需动动手腕就能开火。她的手套也脱掉了。

我们并排沿着走廊慢慢向前。

我透过窗户看向右手边最近的病房。这就是那个变成了纸捆的患者的病房。他已经无声无息地平摊在地板上，和摄像头里拍到的一样——大概是死了，但就算要给他把脉，也不知道该碰哪里好，还得担心会弄伤他。

到底该为他的死感到悲哀，还是该庆幸他从以非人姿态、苟延残喘的生活中得到了解脱呢？看着眼前非人生物的遗体，我的心情有些混乱。最后，我们还是什么也没说就离开了。

我们接着检查下一个房间。之前过来时，只有这个昏暗的房间里设置了紫外线灯，地板上铺了泥土，而一名介于人和向日葵之间的第四类患者就长在那里。我已经做好了看到遗体躺在泥土上的准备，但是——

"不见了？"

"不见了呢。"

房间里空空荡荡，只有满是泥土的地板还在沐浴着紫外线灯的光。

"是被'破！'击中后灰飞烟灭了吗？"

"'破！'有这么大的威力吗？"

"根本不知道这到底是什么类型的攻击啊。"

从大敞着的门口向内望去，靠走廊一侧的地板上散落着少许泥土。除此之外，没有看到患者的踪迹。

我看向走廊对面的另一个房间，这个房间的地板上积了一层厚厚的灰，上面是一些纵横交错的线条，就像有人擦拭过一样。线条的痕迹一路通往门口，看样子是顺着打开的门跑进走廊了。我蹲下身看去，走廊的地板上也留有一层淡淡的灰，留下这些痕迹的人好像往走廊深处去了。

突然，鸟子停下动作，抬头望着半空。

"空鱼……你听见了吗？"

我也学着鸟子的样子侧耳倾听。

"真的哎……"

那声音很微弱，几乎要被空调声盖住。一开始我以为是音量调到最小的广播声。有人在说话？不，好像是某种旋律……难道是谁在哼歌？

我们沿着走廊向前走去，逐次检查两侧的房间。并不是所有的门都被打开了，有些门还锁着，透过窗户能看到里面的患者还活着。而那些房门大开的屋子里，有的患者已经跌倒在地一动不动，也有很多房间空空荡荡，能看到从门口通往走廊的足迹、拖着某种湿漉漉的物体的痕迹，以及被脱下的病号服和毛巾。所有痕迹无一例外都向着走廊深处而去。

向着走廊尽头，润巳露娜所在的房间……

我回头看了一眼，打开的防火门前放着临时监控摄像头，是用胶带把平板电脑捆在棍子上制成的。我们朝汀等人点点头，然后走近露娜的病房。他们应该能透过镜头看到。

鸟子刚刚听到的歌声变得清晰了。来到这里，我们已经能分辨出这是什么歌了。这首歌没有歌词，是有人在轻声哼唱。

"是摇篮曲。"鸟子用只有我能听见的音量说道。

现在，我们已经能确定，歌声就是从润巳露娜的房间里传出的。我和鸟子困惑地对视了一眼。虽然事到如今已经有些多余，但我们还是轻手轻脚地走向最后的病房。

透过窗户，最不愿看到的光景呈现在眼前。

仅有微弱灯光的昏暗房间中，润巳露娜正坐在床上，周围环绕着许多第四类接触者。足有二十几人。没人碰她。有的第四类把头放在床单上，有的趴在床脚，虽然簇拥在露娜身边，但还是保持着距离。还有些第四类缓缓摇动着身体，像在应和露娜哼唱的旋律。每个人都对她俯首称臣，但现场的氛围与其用"狂热"来形容，不如说更像一场安谧的礼拜。

正在唱歌的就是露娜本人。她坐在第四类围成的圈子中央，断断续续地哼着歌。露娜的眼睛看到了窗外的我们，然后她举起一根手指，做了个"嘘"的手势。

如果说这世上有哪个人，我不想被她"嘘"，那就是润巳露娜。我们一边惊讶，一边从大开的门口向里看去。

其实我们也进不去。房间里已经挤满了第四类，如果一定要进门，就得从趴在地板上做礼拜的异形患者身上跨过去了。

露娜停止了哼唱，见她似乎想开口，我大吃一惊，摆出了迎击的姿势。鸟子也迅速调转枪口对准了她。

"你们觉得，我该怎么办好呢？"

露娜苦笑着说。意外的是，从她口中说出的话很正常，只是普通的耳语。

"别说话。"

鸟子语气生硬地发出警告。

看到对准自己的枪口，露娜皱起眉。

"能把它放下吗？反正你也不会开枪的，对吧？仁科小姐。"

"你想试试？"

"不用试我也知道，因为仁科小姐很温柔嘛。之前我们是不是也说过一样的话来着？别做无聊的事了。"

鸟子没有回答，也没有要放下枪的意思。露娜有些不耐烦地叹了口气。

"你在做什么？"我问道。

她环顾着周围的第四类。

"不知道为什么，突然就变得很有人气……"

"人气……"

"这种情况，一般是叫作'德高望重'吧？"

"反正他们肯定都是被洗脑了。"

鸟子干脆地说道。露娜望着我，露出游刃有余的笑容。

"我没有呦。纸越小姐应该清楚吧？"

"好像是没有。"

我不情不愿地回答道。用右眼看去，这二十几个第四类身上，都没有寄宿着磷光闪烁的鼻涕虫状"声音"。还以为露娜肯定是故技重施，对他人进行了洗脑，还真是令人意外。

"看吧，纸越小姐全都知道呢。这里的孩子们都是自愿过来的呢！"

露娜戏弄的语气让鸟子搭在扳机上的手指抖了一下。

虽然没有发作，但看样子鸟子十分火大啊……

露娜变成什么样我倒是无所谓，但万一鸟子失去理智把她射杀了，一定会受到严重的精神打击。不愿看到这种情况的我开始调停。

"鸟子，把枪放下吧。"

"你说真的？"

"真的。但你得空出左手以防万一。"

"明白了。"

鸟子乖乖放下了枪。

"嘿，还挺听话的嘛。"

"……"

见鸟子又要把枪对准前方，我急忙插嘴。

"发生什么事了？'T'呢？"

"谁？"

"刚才有一个年轻男人来过了吧？"

"哦……很早之前就不知道去哪儿了。"

"不知道去哪儿了……他没对你做什么吗？"

"这里的孩子们好像被欺负了，但他什么也没对我做。"露娜看着周围的第四类说，从那边的窗户看到他大步走过来时，我还挺害怕的。那个人进房间时，我说了一句'回去'，他一瞬间就不见了。"

"也就是说……你使用了'声音'？"

"他到底是谁？"

"'T'。"

"'T'？"

"门打开了……你没想过逃跑吗？"

"跑去哪儿？走廊被封住了，这里也没有紧急出口。"露娜的声音里带着笑意，"如果这里发生火灾，被关起来的人就只有死路一条。你不觉得这很不人道吗？"

"你没资格在这里谈人道吧？"

"你不知道吗？就算是监狱，发生火灾时也会把犯人放出来的。"

和这家伙斗嘴毫无意义。我无视露娜关于人道的发言，问道："'T'不见了，之后发生了什么？"

"我先去外面看了一圈其他房间，发现这里原来是'Gifted'们的住院设施。从来没人告诉过我。我恍然大悟，又发现每个人都瘫倒在地。当时情况很不妙，于是我问他们'没事吧'，让他们加油，他们就恢复精神了。我对找到的每个'Gifted'都说了话，结果莫名其妙就被赖上了。"

"哦……"

"虽然没能救到所有人……我真是个大善人，对吧？拯救了这么多生命。"

如果说"T"的"破！"能斩断人与"里世界"之间的联系，对身心深处都受到"里世界"影响而变异的第四类接触者而言，"破！"就会产生致命的效果。露娜是用自己的"声音"让联系恢复了吗？就像鸟子对我、我对茜理所做的一样。

"那你为什么唱歌？"

"因为大家看起来都很难受，我也不知道该干什么，只能想到闲聊和唱歌。我也试着跟他们沟通过了，但根本不知道对方有没有听懂。所以就开始唱歌……"

"所以你唱了摇篮曲啊。"

"不行吗？"

我随口应了一句，露娜的眼神却一下子变得凶狠。

"没说不行……"不知道哪里惹到她了，但我无意讨这种反社会未成年人的喜欢，也不想踩地雷似的小心翼翼地对话。我再次环顾这个病房，问道："你有看到一个小孩子吗？是个小女孩儿，大概是小学生的年纪。"

"是那个一晃一晃的小女孩儿吗？"

"一晃一晃？"

"你不觉得那孩子一会儿出现，一会儿又消失了吗？既然能在这里看到，我想她应该是个'Gifted'吧。"

"你知道她去哪儿了吗？"

"谁知道呢？她应该能隐藏自己的行踪吧，那可能就在这附近。"

露娜很自然地接受了小女孩儿是第四类——也就是她口中的"Gifted"这件事。之前她在"牧场"饲养、利用过他们，在她看来，被DS研保护起来的这些面目全非的牺牲者们大概也是和自己一起接受了Blue World（深蓝世界）祝福的同伴吧。

以防万一，我迅速用右眼在室内看了一圈。这里的人太多了，我必须要仔细搜查一遍。起码在我目之所及的范围内，没看到小女孩儿。

"所以你来这里是打算做什么呢，纸越小姐？"

"我是来查看情况的。因为有你在，其他人不敢靠近。"

"欸？不用这么害怕我吧。"

露娜看起来很意外。

"他们有充分的理由害怕你吧。"

"但你们想想，纸越小姐和仁科小姐毫无防备地走了进来，我不是什么也没做吗？"

"因为就算你想做些什么，我们也能应对。"

"是吗？我也可以拜托这里的孩子们袭击你们呦。"

"这一点我们之前已经想到了，我也能区分出哪些人被你洗脑过。"

"但你也吓了一跳吧？我是个比你想象中更乖巧的好孩子。"

露娜莞尔一笑。她的脸上还残留着缝合的痕迹。

"你想说什么？"

"我都这么乖了，不应该得到奖励吗？"

"什么？"

"我只是想要一点儿自由。其实就是想上网。不能开麦也没关系，我想上网看看。"

"就算不能开麦，你也会发表一些危险言论吧？"

"现在我连搜索都用不了，起码让我能搜点儿东西吧，不在SNS上投稿也可以的。就算是在监狱，模范犯人也会得到更好的待遇呀？"说着，露娜装出一副柔弱的样子，"我没想过你们能这么轻易就放我出去。现在回想起来，我也确实做了很多坏事。别看我这样，其实已经在好好反省啦。"

鸟子默默摇了摇头。我也完全不相信她的这番说辞。

"算了，倒是可以帮你去说说……总之，你能先解散这里的聚会吗？医生们要开始做检查了。"

"好——大家听见了吗？回房间啦，医生会给你们做检查的。"

露娜拍拍手，患者们便乖乖站起身，又或是蠕动，又或是躺下，前往出口。我和鸟子让到一边，被"里世界"扭曲的牺牲者们从身边鱼贯而过，就像百鬼夜行一样。

我突然莫名地感到恐惧。并不是他们的样子让我感到了害怕。现在，这些人并没有受到"声音"命令的影响，但露娜的一句话就能让他们乖乖听令，其中是不是有什么问题？我明明听说在这里住院的患者症状都很严重，无法与他们交流，也不确定他们有没有意识。

等房间里只剩下露娜和我们俩时，我问道："你是怎么和那些人对话的？"

"我们没有对话呀。只是大家同为深蓝世界的'Gifted'，冥冥中就是心灵相通的。你们俩不是吗？"

"没这种情况。"

"啊，莫非你们相处得不太好？"

"相处得很好。"

"鸟子……"

别在这节骨眼上认真起来啊，真是的……

"说起来，从你和我们之间无法交流这一点来看，就已经证明那是你的幻想了吧。"

"是吗？我可是对你们脑子里的想法清楚得很。"

净说一些不咸不淡的事情，跟这个人说话也只是浪费时间罢了。

"走吧。"

我一边催促鸟子，一边让自己的视线保持不离开露娜的状态。如果把意识集中到露娜身上，就会对她的精神产生影响，所以我得适当地让眼神失焦，还挺麻烦的。这么危险的人物就在面前，我不可能把意识完全从她身上抽离，有时凝结在她喉咙处的磷光会不由分说地映入我的眼帘。银色的光芒以喉部为中心，顺着脊骨上下延伸。在我移开意识前的那一瞬间，她的大脑和从脑部垂下的脊髓就像从肉体中独立出来的生物一样不断闪烁。

"啊，等一下。"

因为露娜的声音，我的意识又回到了原来的层面，露娜体内闪烁着的"脑髓水母"变回了人脸的模样。

"怎么了？"

"机会难得，能不能让我出去一下？"

"啊？"

这次又在说什么傻话。我皱起眉头。

"拜——托——啦——我会戴上这个，乖乖地，当一个好孩子。"露娜拿起那个带嘴套的黑色口罩，乖巧地说道。

"我说啊，虽然不知道你打的什么算盘，但我们是不可能让你出去的。"

"欸——好小气——"

我没有理睬她，关上门，确认门已经锁好后就离开了。反正露娜肯定会是一副气鼓鼓的表情。我头也不回地返回了走廊。

我们穿过防火门，走过大厅，来到众人集合的会议室，只见小樱正等在门口。她忧心忡忡地抬起头，指了指自己的耳朵。

"你们没中招儿吧？"

"没事。"

"那家伙什么也没做。"

"那就好，要是连你们也中招儿就完了……"

我们跟着小樱进了会议室，向众人说明发生的情况。

聚集在会议室里的人们慌忙行动起来。除了医生和护士以外，充当临时救援队的Torchlight接线员们也跑出门，为患者检查起病情。防火门被打开时发出的金属摩擦声在大厅里回荡。

"非常感谢二位。"

汀恭敬地低下头。

"我们倒是没关系，汀先生你之后可有得忙了吧？"

毕竟他管理的设施里死了好几位住院患者。再加上被"T"袭击这件事本身也比较复杂，不好向别人说明，他该怎么善后呢？我有些担心。

"让您费心了。之前也发生过患者去世的情况，只需要庄重地告知他们的家属就好。"

DS研的活动经费正是来自那些"死者家属"，那么患者死去也就意味着经费的减少。从这一点来说，这次发生的事件应该很让汀痛心吧。直到现在，我还在怀疑是自己的错误导致了"T"的出现，这让我难以释怀。

"继润巳露娜事件之后，这里已经是第二次遇袭，与UBL的接触变得频繁就是会导致这样的事态。我也大意了。我们虽然强化了物理、电子层面上的安保系统，却没考虑过如何应对这种类型的入侵。"

不——其实早在润巳露娜出现前，DS研就已经被入侵过了。当时闰间冴月的影子出现，并扔下了取子箱。

只是当时我没跟汀细说过事情的始末。之后的骚动让局势变得混乱，我对鸟子撒的谎也露馅儿了，因为实在太过尴尬，最后我什么也没说。虽然鸟子应该已经知道得一清二楚。

想到这里，我含糊其辞起来。鸟子替我问道："你们打算怎么应对呢？就算想要对抗，普通人类面对'T'这样非人类的入侵者也束手无策吧？"

"是的，如果二位能常驻就再好不过了。但这是不可能的，我会想想办法。"

汀说话的口吻很干脆，我还是没能读出他真正的想法。

"那个女孩儿呢？没找到吗？"小樱着急地问道。

"没找到。润巳露娜好像见过她，但她后来又消失了。"

"消失了？"

"她说那女孩儿一会儿消失一会儿出现的。露娜似乎认为，她是一个能隐藏自己踪迹的第四类。"

汀信服地点了点头。

"我也是同样的印象。那孩子有时会突然消失，在我们慌乱不已时，又若无其事地出现。这种事出现过好几次，一开始我还以为是自己产生了错觉。"

"我思考了一下，从发现她时的情况来看，那个女孩儿可能不只能隐形，还能自由出入我们认知当中的'现实'以外的其他时空，虽然不知道那是'里世界'还是'中间领域'。"

听我这么说，小樱捂着脑袋呻吟起来，像在忍耐剧烈的头痛。

"真是在各方面都让人精神崩溃啊……"

"这不会是我的错吧？"

"她会不会就在附近啊，我抓抓看。"

鸟子开始用左手抚摸着四周的空间，这要是能找到就令人啼笑皆非了。但她的手一直在抓空，我的右眼也没有发现异常。

恐怕不会这么顺利……我正想着，一直看着平板电脑的汀大叫起来。

"发现了！"

"欸？！"

"在哪里？"

"在存放UBL产物的保险库里。那里正常来说应该进不去，但如果刚才纸越小姐的假设是正确的……"

汀把平板电脑拿给我们看，画面上映出了女孩儿在昏暗的保险库里晃荡的身影。

"那里是小孩子能到处乱逛的地方吗？"

"最好不要，我去接她回来。"

汀快步走出了会议室。

"空鱼，名字想好了吗？"

"忘了。"

"我就知道。要不还是我来起吧。"

"不要，不行。"

"为什么？"

"没有为什么。"

"小空鱼，你这么喜欢小孩儿吗？"

"完全不。小樱小姐，你喜欢吗？"

"讨厌。"

鸟子一脸难以置信。

"会有人讨厌小孩儿吗？"

"当然有了。"

"为什么会讨厌？"

"没什么喜欢的理由吧。"

"那空鱼，你将来会想要小孩儿吗？"

"从来没这么想过。"

"这样啊……"

听了我的回答，鸟子一脸忧郁地陷入了沉思。

像鸟子这样被优秀的家人宠爱着养育成人的孩子，对组建家庭、养育儿女等事宜应该不会有什么质疑。

要是我的家人正常点儿，我也会这么想吗？

"小樱小姐，你为什么会讨厌小孩儿呢？"

"这个嘛，可能是因为现在就有几个小孩儿似的家伙正在让我的人生变得一塌糊涂吧。"小樱对着瑟瑟发抖的我冷笑一声，接着说道，"没什么特别的理由，在你出生以前我就不喜欢小孩儿了。他们不听别人说话，又很吵。"

"小樱你看见小孩子时会想到什么？不会觉得可爱吗？"

"就觉得是个小型人类。"

"难道是我有问题……"

见鸟子开始烦恼，我说道："你没什么问题。只是世界上既有喜欢小孩儿的人，也有不喜欢小孩儿的人。虽然说'讨厌'，但也还没到憎恶的程度，只是不感兴趣而已。"

"我以为空鱼喜欢可爱的东西，一定也会喜欢小孩子的。"

鸟子真是不了解我啊……我一边想着，一边回答道："小孩子不太一样吧？那些因为'喜欢可爱吉祥物'而喜欢小孩儿的人，等小孩儿变得不可爱了，一定会虐待他们的。"

"这……这样吗？"

"因为小孩子归根结底也是'其他人'，你知道的，我基本上对其他人没什么兴趣。"

"这……也是。"

"就是这样。"

"原来如此……"

汀把女孩儿带了回来。一个怎么看都不像正经人的男人牵着一个小学女生的手，感觉影响不太好。

"她没事吧？"

小樱看上去松了口气——明明说着讨厌小孩儿，这样的反应真是令人不可思议。说起来，赶到DS研时，第一个担心女孩安危的也是小樱。

"让大家担心了。"

汀放开女孩儿的手，关上会议室的门。女孩儿只瞥了我们一眼，就漠不关心地在房间里走了起来。

鸟子来到她面前，蹲下身让两人的视线平行。

"我说，你是不是总一个人在不同的世界里穿行？"

女孩儿回望着鸟子，但马上又移开眼睛，绕开鸟子晃晃悠悠地走了起来。

鸟子站起身，目送着她的背影，脸上浮现出温柔的笑意。这让我大吃一惊。鸟子是真的觉得小孩儿很可爱……

"还好她没被'T'伤害。"小樱说道。

鸟子点头表示赞同，突然又冒出一句："'T'不会是来杀第四类的吧？"

"嗯，但中招儿的人基本上都还活着。如果杀人是他的目的，那他算是失败了。"

"要是露娜不在，他刚刚不就把所有人都杀了吗？"

这倒确实是。虽然我不想承认，但露娜救了好几个患者的命是事实。

"与其说是'杀'，不如说'封印'或者'净化'更符合原文的设定。"我一边思考一边说道，"从'T'迄今为止的行动来看，他会出现在遭遇或靠近'里世界'和第四类的人面前，大喊一声'破！'，与其说是存在这个人，不如说这是一种'现象'。"

"也就是说他不是人类，对吧？'T'本身并非第四类接触者。"

"我是这么想的。如果'破！'本身并没有什么杀伤力，但有切断第四类和'里世界'之间联系的效果……"

"所以空鱼的右眼才会失明，和'里世界'相关的记忆也会消失？"

"而本身并非第四类的茜理会失忆也是这个原因？"

"嗯，但我和茜理都不是完全失忆。'破！'不像把记忆擦除的橡皮擦，更像是一个软木塞。所以我靠你的左手、茜理靠我的右眼，取回了与'里世界'之间的联系。"

"也就是说，那些中了'破！'的患者之所以病情恶化，生命垂危，是因为他们跟UBL之间的联系已经发展到了更深入的阶段，对吧？在肉体已经发生巨大变异的情况下，来自UBL的影响突然消失，无法维持生命也不奇怪……"

"可他这么做是为了什么呢？'T'明明自己也是'里世界'的产物，为什么要到处切断表里世界之间的联系呢？"

我也和小樱有一样的疑问。

"有几种推测，但我觉得'T'应该和时空大叔一样。时空大叔也是人形的'现象'，会出现在误入中间领域的人面前，把他们赶回'表世界'，对吧？乍一看就像把守着'里世界'边境的门卫……

同样地，如果只把'T'当作'庙堂出身，能对抗灵异现象的可靠前辈'，我觉得也说得通。"

"也就是说，并不是UBL和其敌对势力在'表世界'产生了争端。"

"听了汀先生你的意见后，我也思考过这个可能性，但总觉得要是这么好懂，我们也不至于费那么多功夫了。"

"的确。"小樱苦笑道，"'T'的行动看似与其他'现象'的所作所为相矛盾，其实并非如此。就算人类个体失去了与'里世界'之间的联系，对'里世界'那边而言也算不上什么吧？但我还是得加一句，前提是对方有自我意识。"

"话虽如此，只是，从我们目前的经验来看，我觉得对方是有自我意识的。"

"小空鱼你这么想的吗？"

对小樱探究的问题，我回答道："是的。因为'它们'知道我们的名字，也会主动与被卷入'里世界'事件的人类产生联系。有时打出租车也会被拐进'里世界'。'里世界'的存在还会来到公寓隔壁房间，会化身为舞狮出场，知道我的过去，还会变化成我母亲的模样……"

"空鱼。"

鸟子轻轻把手搭在我的手臂上，我才发现自己不知不觉间提高了声音。鸟子关心地注视着我，小樱则僵着脸。

"我刚刚发狂了？"

"有点儿。"

"抱歉。"

"没事。"

"你能别毫无预兆地发狂吗？吓死我了……"

小樱声音发抖，拍着自己的胸口。

"抱歉……但我刚才为什么会发狂呢？"

"我这辈子还是第一次听到这样的问题。"

"那个，我好像能理解……"

鸟子低低举起手，说出了一句出人意料的话。

"能理解是指？"

"因为我也有过一样的经验。"说着，她又补了一句，"在海滩时。"鸟子凝视着我，她的身体在颤抖。"那个，我想起上一次空鱼来接我的时候……"鸟子的眼睛睁得很大，眼神却有些失焦，她喘着粗气，说话也变得断断续续，"一想到'它们'，我就感觉，要不行了……"

"鸟子！"

我猛地伸出手，捧住了鸟子的脸。

那双蓝色眼睛突然又有了焦点。

"没事——我没事。谢谢。"我放开手，鸟子晃晃脑袋，吞了口口水，调整了一下气息后接着说道，"我觉得可能是这样。'里世界'那端的某种存在正主动向我们发起接触。一旦开始深入思考这件事，就有种意识突然被拉远的感觉，所以我平时会注意不去多想。"

"我……我刚刚也是这样。"

"对吧？在思考中，有某处很危险的点存在。"

"我懂……"

小樱努力稳住发抖的身体，带着困惑的表情看向我。

"小樱小姐，还记得我之前跟你说过的'恐怖函数'吗？"

"嗯……你说过。"

"被这个函数所干预，人类的认知就会扭曲，进入一个万物皆恐怖的时空。当时你说过，'里世界'可能就是一个巨大的恐怖函数，而这个函数被植入了我们心里——只要想到某件事，就会突然发狂。我有这种感觉。而引发这种感觉的导火索，就是'里世界'的存在……"

"我懂了，这个话题就此打住。"小樱说。

但我摇摇头。

"不用打住，只要发现了这一点，总会有办法。"

"就算你这么说……"

"小樱，没事的。我只是有时会失去意识，马上就会恢复的。"

"如果只是稍微聊聊倒没什么，只是有时你会突然开始诡异地爆笑。"

小樱轮流看了看正在说话的我和鸟子，一脸无语地叹了口气。还以为她会挖苦我们，但她什么也没说。

"那……那个，我们以对方有意接触人类为前提来说的话……"
小樱观察着我们的样子，口吻很慎重。见我点头催促，她又接着说
道："你认为时空大叔和'T'都是这种接触的一部分？"

"是的。肋户美智子可能也是如此。还有我们在海滩遇到的知
道我们名字的灰色集团，从公寓隔壁房间出现的用金属薄板当手腕
的人……"

我努力继续说下去，尽量不让自己的思维被后背的战栗所控制。

"一开始在'里世界'跟肋户说话时，他曾提到过'里世界'会
往'表世界'输送一些状似人类的存在。或许这并不是肋户的妄想。
迄今为止遇到过的种种'现象'中，尤其是那些人形的家伙，为了和
我们接触——"

"Interface。"紧接着小樱的自言自语，女孩儿突然冒出一句，
"可能是Jiemian也说不定。"

我惊讶地转过头，女孩儿正背靠着关好的百叶窗，盯向这边。

"她刚刚是不是说了'界面'？"

小樱怀疑地嘀咕了一句，鸟子歪着头。

"这孩子第一次说话时也说了这句。"

"真的吗？！"

见我们不知道她为什么惊讶，小樱便解释道："两种不同性质的
领域相接的面，叫作界面。"她盯着女孩儿继续说道，"在英语里，
叫Interface。"

"欸？！"

"这个女孩儿是不是能听懂我们说话？虽然可能只是鹦鹉学舌，但她在试着加入我们的对话。"

"她在借我们的语言来试着沟通？"鸟子走过去对女孩儿问道，"是这样吗？你能听懂我们说的话？"

被众人所凝视，女孩儿有些坐立不安，扭捏起来，然后——

"啊！"

所有人都发出了尖叫。

就在我们面前，女孩儿像烟雾般消失了。

13

我急忙将意识集中到右眼。就在女孩儿消失的地方，百叶窗前出现了微弱的银色光晕。光芒开始迅速减弱，就像冬天呼出的一缕白气。

"快抓住她之前在的地方！"

我大叫道。与此同时，鸟子一个箭步冲过去伸出了左手，透明的指尖在空中划出五道闪烁的残影。她用力捏起拳头。

"抓住了！"但鸟子的表情马上变得很惊讶，"不对，这不是她，我抓住了什么？"

在我的右眼中，鸟子左手周围的空间产生了褶皱，就像抓住了一片蕾丝窗帘。因为鸟子握紧的左手，空间没能恢复平整。透过她那透明的手，能看到强烈的银光闪烁。

"好像能打开一个'门'，就这么扯开它！"

"可以吗？"

"可以！"

鸟子的左手用力一扯，空间就像一片薄布似的破了，银色的光芒变得明亮。"门"打开了——我正这么想着，转瞬间裂口便开始缩小、恢复，看来这个'门'并不稳定。

"我们追上去。"

鸟子马上点头示意。

"喂、喂——"

"我们马上回来！"

我和鸟子手拉着手跳进了"门"里。

撕裂的空间在背后关上了，四周一下子变得寂静。

回头看去，我们还在原来的会议室里。只是这个会议室空无一人。长桌和椅子摆放得很凌乱，地板上散落着塑料瓶和垃圾。

"是中间领域？"

"好像是。"

我推开百叶窗向外望——好暗。这也正常，毕竟是晚上。外面也有灯光，但比起外面的景象如何，现在最重要的事是抓住那个女孩儿。

会议室的门大开着。我们来到走廊里，听见小孩儿光脚跑步的声音正逐渐远去。

"喂——等一下啦——"鸟子大声喊道，但没人回答，"真是的，为什么要跑啊！"

"是不是被大家盯着看，不好意思了？"

听我这么说，鸟子用怀念的语气说道："我懂。我和她一样大的时候，也发生过类似的事。"

我们顺着走廊向大厅走去。我已经见过各种各样的中间领域，这次的和"表世界"并没有太大区别。

当女孩儿拉着我的手从"里世界"深处返回时，我在表里世界之间见到了不少奇妙的光景。那到底是中间领域的衍生，还是像世界尽头的海滩、取子箱底部、暮色中的街道一样，是"里世界"的另一种面貌呢？我不确定，但当时我们经过了好几处与"表世界"几乎无异的地方，这里或许也是"里世界"比较"浅"的地方吧。

和会议室里一样，走廊里也四处散落着垃圾。我突然有些在意，俯身捡起一个塑料瓶。这里随处可见可乐和芬达橙汁的饮料瓶，还有零食包装纸，比如百奇饼干的空盒、一本满足棒①的包装纸等。

"你怎么看？"

看到我手中的垃圾，鸟子笑起来。

"真是个坏蛋。"

"这些一定是她从'表世界'偷来带到中间领域的。"

---

① 日本食品厂商Asahi旗下产品，是一种巧克力棒。——译者注

"会不会是办公室里放着的零食？DS研那层楼往下就是普通的医疗设施了。"

"这可不太好，一会儿得好好骂骂她。"

听了我的话，鸟子饶有兴致地打量着我。

"空鱼你明明说自己对小孩儿不感兴趣的。"

"嗯，确实不感兴趣。"

"那刚才为什么要追过来？"

"不能放着她不管吧。"

"嗯哼？"

她一脸不可思议，像是对我的回答不甚满意。我挠了挠头，还是坦白了。

"之前，在那条有晚霞的街道追着她跑的时候我就在想……"

"嗯。"

"总觉得我好像在她身上看到了以前的自己。很奇怪吧，明明我们一点儿都不像。"我有些难为情，笑了笑，"很恶心吧？擅自把那么小的孩子跟自己重叠在一起……"

我试图打哈哈蒙混过去，但鸟子没有笑。

"我明白的。我也觉得空鱼你小的时候应该也是这种感觉。"

"我可没被放养到那种程度……"

我嘀嘀咕咕地反驳。鸟子微笑着说："这不是件好事吗？对任何人都不感兴趣的空鱼现在也会正视其他人了，我好高兴。"

"是吗？"

鸟子把这当作是一件好事，但我却有些怀疑。在其他人身上看到自己的影子并执着于此，最终不还是只对自己感兴趣吗？

在晚霞街时，看到女孩儿在那么可怕的地方一个人活了下来，我从她身上找到了自己的影子。但在将她带到DS研后，我又从她身上看到了各种和我相似的地方。

不管是对他人毫无关心也好，还是有人靠近时会逃走也好……

我一边注意着周围的情况，一边顺着走廊往前走。原本我就觉得DS研的医疗楼层虽然精致，却让人感觉冷清，在中间领域里，更是显得空空荡荡，毫无人气。这里没有门也没有架子，甚至天花板上都没有灯，就像一栋已经人去楼空的脏乱建筑。

大厅很宽，废墟的感觉更强烈了。电梯厅一片漆黑，电梯指示灯也已经熄灭。大厅里侧从上到下被一堵砖墙牢牢封住。在"表世界"，此处应该是一面厚重的大门，里面是通往"异物"保险库的暗道。这里或许也有什么机关，但无论如何我们是过不去了。我用右眼看去，什么也没发现。

"还以为她在这边躲起来了，看样子不是。"

"还有其他通道吗？"

"又或许是去了其他世界。"

"对那女孩儿来说，去往其他世界说不定还更方便。"

"不早点抓住她的话，一会儿又不知道去哪儿了。"

我们从大厅向病房所在的走廊走去。地板上有两道蓝线，直直地朝走廊前方延伸。蓝线大约有十厘米宽，相互平行，间隔与肩同宽，就像人行道上的白线。

我们沿着这两条蓝线，再次走向方才在"表世界"中提心吊胆地走过的地方。虽然这里既没有润巳露娜也没有"T"（真的没有吗？），但中间领域神秘莫测，不能放松警惕。

"咦？"

正想着，我身边的鸟子突然惊叫一声，站住了。她的视线投向最近一间病房的窗户。在"表世界"，这里是被"T"杀害了的患者所在的病房。

我也站在鸟子身边向内望去。空荡荡的房间角落里本应有一堆纸条，在空调风的吹拂下飘动。可现在那里放着一朵花和一个小盒子。

房门没有上锁，我们走进室内查看，原来是一盒黄油奶糖。盒子外面没有塑料包装，已经打开了。将内盒抽出，里面还剩下两颗糖。

"这是供品吗……"鸟子感动地小声说道。

"给去世的人的？"

"看起来不像吗？"

"是那孩子放的？"

"如果零食是被她偷走的话。"

我把装着黄油奶糖的小盒子放回原处，直起身子。

"做了这种事，我也不好骂她了。"

空无一物的房间里只放着供品，感觉更像坟墓了。鸟子闭上眼睛双手合十，于是我也照着她的样子做了。

"你信佛吗？"

"我母亲信。"鸟子放下手，回答道。

"妈妈①呢？"

"她是个为自己的信仰感到烦恼的基督徒。"

"嗯？"

"她虽然想相信有神明存在，但自己的价值观却和教会相悖。"

"鸟子你是哪边的呢？"

"哪边都不算，但可能更偏向母亲吧。空鱼你呢？"

"我对宗教基本上没什么好印象。"

"啊……确实。"

"呃，抱歉，你别放在心上。我是我，鸟子是鸟子，信仰自由。"

"但你刚才双手合十了，这不是佛教徒的礼仪吗？"

"日本人大部分都有在墓前参拜的习惯，就算是不信教的人也一样。"

"这不就是宗教吗？"我们出了房间，回到走廊里，"说起来，《出生于庙堂的T先生》本来也是基于佛教创作出来的故事吧？"

"不，应该跟佛教没关系。说到底他只是庙堂出身，又不是和

---

① 鸟子自称从小被两位女性抚养长大，称其为"母亲"和"妈妈"，该情节在第三部小说中出现过。——译者注

尚，也没听说过有佛教徒的设定。"

"欸？"

"这本来是个搞笑故事，较真可能也没什么意义。或许读者们看到'庙堂出身''用口诀除灵'的内容，就自然而然地把他当成了一个灵力高强的佛教僧人。"

"听你这么说，我突然觉得有点儿怪怪的。"

"这个故事反而应该没什么深意，不过是一个梗而已……"

我们一边检查其他房间，一边向前走去。除了刚才看到的以外，还有其他"坟墓"。虽然我没有一一去确认，但恐怕和第一个房间一样，祭拜的都是那些在"表世界"被杀的人吧。供品只有一两朵花和不知道从哪儿偷来的小零食，还有些已经吃了一半。

"那孩子，虽然不知道在想什么，但做了这些，还是挺有心的。"鸟子深有感慨地自言自语着，这时，她突然回过神来看向我，"啊，我不是在说空鱼你没有心呦！"

"谢谢。你在说这话之前，我完全没意识到是在说我。"

"抱……抱歉。"

"没事。"

鸟子还记得她之前说我"没有心"时，我大为恼火的事。我很高兴她能这么体贴，但这次的安慰是毫无必要的。

"那个，关于我为什么要这么说……"

"没事的，不用那么在意。"

"不是的。因为我之前还有点儿担心那孩子不是人类，但看到她做出这么充满人性光辉的事，我松了口气。"

"哦……那确实是。"

那女孩儿怎么看都是个真正的人类，但自从与"里世界"产生牵连，我们身边多次出现过人类模样的怪物。我的心中一直有些怀疑，她是不是和"T"以及"肋户美智子"一样的存在。

"建造坟墓也不一定能证明她是人类。据说有些动物在同伴死后也会有类似哀悼的行为，比如大象什么的。"

"莫非——她可能是头大象……"

我们之所以一边走路一边闲聊，也是因为不想打草惊蛇。默默潜行着接近，或是跑着追赶的话，她可能又要逃到其他领域去了。那我们就真的束手无策了。所以，像这样一边告诉对方自己的存在，一边轻松地拉近距离会更好。

但如果女孩儿和以前的我一样神经过敏，也可能会因为我们太吵而离开……

不知到了第几个房间，这里明显和其他地方不同。里侧的墙上挂着一个用床单和毛巾堆成的帐篷状物体，像是靠衣帽架撑起来的。里面堆满了毛巾、白大褂、病号服等东西，就像个用彩色布料搭成的山洞。还有几个并排放着的抱枕，不知是从哪儿弄来的。

在这个狭窄昏暗，看上去很舒适的山洞里，一双黑色的眼睛正闪着光。

找到了，是女孩儿。

我们在打开的门前站定。

"你好。"总之先正常地打个招呼。

女孩儿没有回答。

"我们能进来吗？"

还是没回答。她只是沉默地望着我们。我和鸟子尽量若无其事地走进了房间，以免刺激到她。

帐篷前放着好几支鲜花。有些还生机勃勃，但大部分都已经枯萎了。这么多的花不会是从大楼前台偷的吧？

我们没有走得太近，在距离她还有两米左右的地方蹲下身来。能感觉到女孩儿的视线跟随着我们的动作。

"好厉害。这是你自己做的吗？我也很喜欢。很开心吧？"

我抬头望着帐篷，对女孩儿笑了笑。总感觉很奇怪，这是我有生以来第一次用这种口气对比自己小很多的孩子说话。因为没有经验，总觉得这么做的自己很不可思议。我没做错什么吧？

鸟子指着帐篷前面，语调温柔地说道："这些花很漂亮啊，那边那些人的坟墓，是你做的？"她指了指放在地上的花，又指了指我们经过的那些房间。女孩儿眨巴着眼睛。过了一会儿，她开口了。

"来这里的人大多都死了。"

鸟子一瞬间倒吸了一口气，但又接着说道："你把这些死了的人供奉起来了？"

"必须努力保持最起码的文明。在这个地方，人很轻易就会堕落成野兽。"

我和鸟子面面相觑，我们听过这句话。这与现场氛围毫不相称的成熟口吻——对了，是如月车站的军人们说过的话！

"这算不算成功交流了？"

"好像成功了……"

正如小樱所言，从女孩儿的回答来看，她能理解我们话里的意思。

鸟子再次转向女孩说道："我们一起回去吧。你不见了，大家都会担心的。"

"对对，刚才来了个可怕的人，对吧？我们还以为他也对你出手了，担心了好久。"

我们一同开始劝说。女孩儿回答道："我是沿着铁轨过来的。"

"铁轨？"和鸟子对视了一眼，"她在说什么？"

"是想说穿过'门'，逃进了这个中间领域吗？"

"或许吧。"

鸟子看向女孩儿。

"刚才很危险，幸好你没事。来，我们一起回去吧？"

我们一动不动地等待着。女孩儿默默无言地望着我们，过了一会儿，终于从帐篷里钻了出来。之前被她挡住的帐篷内部堆满了零食和果汁。看到这一幕，我震惊了，这家伙到底偷了多少东西啊？

女孩儿跨过摆在地上的花，光着脚向我们走来。我们松了口气，直起身，她却目不斜视地从我们俩中间穿过，走向门口。

"等……等一下。"

"慢着慢着。"

我们连忙追了上去。她头也不回地朝走廊更深处前进着，那里应该只有润巳露娜的房间而已。

和我猜想的一样，女孩儿的目的地是润巳露娜的房间。一路上看到的其他病房也是空的。

跟着女孩儿走进大敞的房门后，我们俩都惊讶地停下了脚步。眼前是一面白漆已经剥落、露出水泥的墙，上面画着一个真人大小的蓝色人形。

这个人形就像强光照射时投下的影子。它的两只脚从墙壁一路延伸到地板上，和我们脚边的两条蓝线相连。

女孩儿回过头望着我们，又说了一次。

"我是沿着铁轨过来的。"

我看向屋外。两条蓝线从走廊连到室内，绵延不断。

"这就是……铁轨？"

鸟子自言自语地嘟囔道。我走过去看墙上的人形。在周围褪色的装潢衬托下，这个蓝色鲜艳得就像刚画上去的一样，十分显眼。感觉碰一下还会有油漆粘到手指上。

润巳露娜说过，她对走进自己房间的"T"说了一句"回去"，对方就消失了。是这样的吗？这个人形是"T"留下的痕迹，所以，地板上那两条线是他移动的足迹？

　　"你是想给我们看这个吗？"

　　女孩儿默默回望着我，黑色的瞳孔中倒映出我的蓝色眼睛。她到底在想什么？这孩子到底是什么人……

　　就像读懂了我脑中浮现出的疑问，女孩儿突然把一只手伸到我面前。她的掌心放着一块闪闪发亮的立方体。

　　"镜石。"

　　鸟子在我背后说道。这是我们打倒"扭来扭去"后掉落的"异物"，一块唯独照不出人类的镜面立方体。其中一颗在润巳露娜袭击DS研时遗失了，另一颗应该保存在保险库里。

　　女孩儿清清楚楚地开口了。

　　"Interface。"

　　突然间，周遭的光景都笼上了一层银色雾霭。眼中的景象开始抖动，我条件反射地闭上了眼睛。

　　睁开眼时，房间里的景象已经完全变了。刷得雪白的墙壁、朴素的桌子，还有懒洋洋地躺在床上看着平板电脑的润巳露娜映在眼帘。

　　"啊？！"

　　露娜从床上一跃而起。一瞬间，闪光的"声音"从她嘴角冒出，但又迅速缩了回去，像某种从巢穴里探头探脑的生物。

　　"你……你们是从哪里来的？！"

　　我们回到了"表世界"。女孩儿也站在一旁，径自捂住了自己的耳朵。我反应过来，伸手将女孩儿一把搂了过来。

"鸟子，快开门！"

在露娜从惊愕中回过神之前，我们连忙跑向房门，逃出了她的房间。

"等……等一下。"

关上的房门阻绝了露娜的说话声。

"表世界"的住院大楼人声鼎沸，到处是在病房往来的接线员们相互呼唤的声音。在一片嘈杂中，我心头涌上一股虎口逃生的如释重负感，不由得叹了口气。虽然我们有能够应对袭击的"眼睛"和"手"，但现在状态欠佳，万一露娜使用了"声音"就危险了。"

"我……我说啊……你能把我们带回来，我是很高兴啦，但要是能选一个合适的出口就更好了。"

女孩儿一脸不解地看着鸟子。

"唉，算了。"我苦笑了一下，刚把目光转回走廊，就又吓了一跳，"欸……这是？"

"怎么了？"

"鸟子，你能看见吗？"

"什么？"

"蓝线……和刚才一样。"

鸟子顺着我的视线看去，摇摇头。

"我什么也看不见。"

在我的右眼中，映出了两条平行的蓝线，与眼前的场景相交叠。但它们不像我们在中间领域里看见的那么鲜明，朦胧的光轨如同残影。

我换了个位置，看向刚才逃出的房间的窗户。只见露娜正对着我们发表无声的抗议，在她身后，出现了一个贴在墙上的模糊的蓝色人形。

因为去过中间领域，我也变得能够看见了吗——不，难道是这个女孩儿让我看见的？

我看向女孩儿，她正在吃不知从哪里拿出来的小包装杏仁巧克力。她没有一口吞进嘴里，而是用手拿着，一点点地用门牙啃，就像小动物一样。说实话看着傻乎乎的。看不出这动作有何深意。

刚才发生的一切和我的意识里产生的变化，到底是不是有人故意为之……

蓝线从走廊一路通到大厅，无穷无尽地向前方延伸。

"我是沿着铁轨过来的。"如果这句话并非偶然，蓝线应该就是"T"袭击DS研时走过的路。能看见这两条线，也就意味着我们是不是能跟着这足迹追上"T"呢？

14

"追？你们想去追'T'？"回到会议室，我向众人说明了自己的想法，盘腿坐在椅子上的小樱怀疑地问道。

"顺着我看到的痕迹走，说不定能找到'T'之前在的地方。又或许这条线通往的是'T'要去的地方，总之肯定能接近他。"

"接近之后呢？"

"打倒他。"

我的回答让小樱皱起眉头。

"打倒……"

"不赶紧动手的话，事情会变得更复杂的。"

"可是啊，你和小濑户一起跟踪'T'的时候，不是被反杀了吗？"

"因为当时的我还不知道对方的真面目。我以为是人类，就想着谨慎一点儿，结果是我想错了。"

一直默默听着的汀开了口。

"小樱小姐的担忧很有道理，但如果我们什么也不做，敌人应该还会卷土重来吧。遗憾的是，目前我们没有手段能阻止他。虽然上次好像靠润已露娜把'T'给赶走了，但不确定她的'声音'对'里世界'的存在来说有多大的效果。不知道什么时候，他又会回来……"

"不过，知道'声音'对'T'有效果确实是个重大发现。"鸟子说道，"'破！'虽然威力恐怖，但'T'并不是无敌的。我的手和空鱼的眼睛应该也能派上用场。"

我点点头表示认可。

　　"我决定去追'T'，还有一个理由。"

　　"什么理由？"

　　"润巳露娜当时对'T'说的好像是'快回去'，然后他就消失了。如果这个命令的效果正如字面所述，那么'T'就会回到之前所在的地方。"

　　"原来如此……所以不管蓝线指向的是他的来处还是去处，结果都是一样的。"

　　"就是这样！只要我们顺着蓝线走，就能找到他。"

　　我凑到窗前，打开了百叶窗。闪着蓝光的线游走在东京夜里的街道上，时不时转变方向，向远处延伸而去。这是只有我能看见的"T"的行动轨迹，轨迹的尽头被建筑物挡住了，但大致是在北方。

　　在一边百无聊赖的女孩儿嗒嗒嗒跑到我身旁，把下巴搁在窗框上，开始向外眺望。我看着街景和小女孩儿的后脑勺儿，小樱在后面问道："要是追着那道痕迹，最终又回到了那栋公寓呢？这个可能性很大吧。"

　　"到时候就一把火把公寓烧了吧。"我只是开个玩笑，小樱和鸟子却都露出了阴沉的表情。我赶紧找补道："我不会的啦，只是想说说看而已。"

　　"小空鱼说这句话听起来一点儿都不好笑……"看来我完全没有开玩笑的才能，我有些沮丧。"总之，我明白你想说的了。虽然我在这里担心也没什么用，去的时候注意安全。"

小樱的语气听起来已经放弃了挣扎。

"知道啦。还有，汀先生，有件事想拜托你。"

"什么事？"

"能开车载我们吗？看上去'T'的痕迹延伸到了很远的地方，徒步恐怕追不上他。"

汀有些为难地皱起眉头。

"虽然很想痛快地答应，但现在我这边可能有点儿脱不开身了。"

"啊……也是。确实。"

现在DS研情况紧急，作为负责人的汀不可能中途离开。这么说也有道理。

"非常抱歉，不能帮上二位。"

"不不不，没这种事。那……"

我本想说那就让Torchlight出一个接线员帮忙，话到一半又闭上了嘴。一样的，现在的Torchlight可以说是卫生兵，没法离开现场。

我放弃求助，看向鸟子。

"那我们俩去吧。"

"现在还能打到车吗？"

"只能打车或者骑单车了……"

"这附近好像有单车出租，我去找找看。"

"拜托了。"

正说着，小樱放下盘起的腿，慢悠悠地站了起来。

"真没办法……我去吧。"

"欸？"

"小樱吗？"

"车可以借我们吗？"

"当然，请尽情使用。"

汀回答得恭敬，丢下钥匙的动作却很随性。小樱一把抓住车钥匙，迈开了步子。

"还在那里傻站着干什么？走了。"

"欸，好……好的。"

我和鸟子回过神来，各自拿起自己的包追了上去。我只带了自己平时用的托特包，鸟子的背包里还装着探险装备和拆散的步枪，走起路来咣当作响。小樱大步穿过大厅，按下电梯按钮。

"小樱，你突然怎么了？"

"大概是想象到你们使劲蹬着单车的样子，觉得很可怜吧。万一把无辜的司机卷进事件里，我心里也不痛快。"

"你不怕吗？平时……"

"那肯定怕啊，我杀了你……"

"欸？"

见我还是很疑惑，小樱叹了口气。

"说实话，我一点儿都不想干这差事，只想赶紧回家，吃饭、睡觉。"

"也是啊……"

"那，为什么要来呢？"

"看来我要是不说，你们永远不会发现了。听好，在你们面前，我一直想努力做一个负责任的大人啊！"

"是这样的吗？"

"总觉得……有点儿对不起你。"

小樱吐出一口气，像在让自己冷静下来。

"不，你们不用道歉。我只是觉得自己应该这么做，所以自作主张做了而已。刚才也只是在乱发脾气。"我不知道该怎么回答，什么都没说。小樱又加了一句："本来就是我催小空鱼去弄清自己身上发生的异变的，不可能撒手不管，让你们自己加油吧？'那边'我是一定不会去的，但在'表世界'的话，还能忍耐一下。而且，'T'比起平时的怪谈要好多了。"

"小樱……"

"谢谢……"

小樱从鼻子里哼了一声。

"你们对其他人也会这么做的。我不想说什么漂亮话，但这就是世上的规律。"

电梯到了，门已经打开。我们刚要上去，身后却传来脚步声。是汀追了上来。

"我送各位下楼。"

"抱歉，在你这么忙的时候麻烦你。"

"你一个人？那个女孩儿留在房间里了？"

"她又消失了。"

"怎么又来这套！"

"和'Ｔ'一样，那个女孩儿也不是一般人能对付得了的。从两位提供的情报来看，她似乎在某个安全的地方有自己的秘密据点，所以就算不见了，我也不会再大惊小怪。"

"她似乎能入侵保险库，没事吗？"

"这是目前我最担心的一点。"

"那孩子大概会把想要的东西全都偷走，她没有'所有权'的概念。"

"毕竟上锁的房间也能从中间领域进去。"

"看来有必要检查一下枪支和药品的管理情况了，但这并不能从根本上解决问题。还是得换个更安全的地方保管。"

电梯停住了，我们来到了地下停车场。汀四下打量着，我在他身旁用右眼确认有无异样。

"这里也有'Ｔ'留下的痕迹吗？"

"就在鸟子现在站着的地方。"

"欸，骗人！"

鸟子跳起来向后退了一步。她取下手套，小心翼翼地碰了碰刚才站着的地方。

"真的……好冰……"

"啊，你能摸到吗？"

"好像能，感觉有水在流动。"

小樱大步走向停车场，没见她有什么动作，远处就传来了车门解锁的声音。我想起曾经听过，有些锁只要拿着钥匙靠近，门就会自动感应并解锁。我们正要追上去，小樱对我们举起手。

"待在那里就行，我会把车开过来。"

和她的个子一比，这辆高级黑色轿车看起来更大了。这辆车虽然是DS研的公车，但基本上已经成了汀的私人用品。好像叫梅赛德斯S级？说"奔驰"的话只会让人觉得：啊，真牛，但说"梅赛德斯"就突然感觉高级了许多。我对汽车的了解仅限于此。

坐上驾驶座后，小樱把椅子拉到最前面，关上了门。奔驰发动了引擎，亮起了车灯，向我们所在的方向绕行而来。

这时，汀突然转过头。我被他突如其来的动作吓了一跳，不禁跟着向同一方向望去，只见支撑着停车场天花板的粗壮水泥柱后面闪过一个人影。

汀手边发出"当啷"一声，他拿出了那根伸缩式的特殊警棍。

是"T"吗？汀将警棍背在身后，大步流星地朝人影走去。我也小跑着穿过停车场，想看看柱子后面藏着的人。我不用右眼盯着敌人，汀的攻击就无法奏效。

"哎呀！你们要干什么？！"

见脸色大变的汀朝自己逼近，对方惊慌地喊出了声。和我料想的不同，那是个女声。而且不知为何，我好像在哪儿听过这个声音。

看到人影的真面目后，我大叫起来。

"汀先生Stop！不是敌人！"

汀停下脚步，瞥了我一眼。

"是您认识的人吗？"

鸟子也拔出马卡洛夫追了上来。她跑到我身边，惊讶地说道："茜理？你怎么会在这里？"

躲在柱子背后的是濑户茜理。她虽然发出了害怕的尖叫声，但左脚已经踏出一步，摆出了门外汉也看得出来的空手道姿势。见到我和鸟子，茜理露出了如释重负又有些尴尬的表情。

"啊……你好，学姐。"

"呃，那个，怎么说呢，啊哈哈……"

鸟子忽然惊觉，把枪收了回去。不知什么时候，警棍也像变魔术一样从汀手里消失了。刚刚差点儿就引发了一场危险空手道与特殊警棍之间的战斗。

我眯起眼睛端详着茜理的脸，她的视线向左上方飘去。

"茜理。"

"呃，在！"

"莫非你尾随我？"

听我这么问，茜理的举止变得更加可疑了。她深吸一口气，嘴唇蠕动着，说道："哎呀，怎么会呢，我没干那种事。"和平时的利落口吻判若两人。我瞪着茜理。

"喂。"

"呜……"大概是知道蒙混不过去了，茜理突然转向我，鞠了一躬，"非常抱歉！我尾随了学姐！"

果然……

"当时我刚要从大学回家，就看到你一边打电话一边慌慌张张地往公交车站跑。我想你肯定是又要和仁科学姐去做什么了，就忍不住跟了上去。上公交时学姐你也没发现，我就一路跟了过来。"

茜理口齿清晰地坦白道，声音格外响亮。她一直对我和鸟子做的事很感兴趣，也可以理解。

一直以来模糊的怀疑得到了证实，我感觉心口落下了一块大石。

我第一次觉得不对劲，是在猿拔女事件中，茜理突然出现在小樱家里。当时她说我告诉过她自己在石神井公园有认识的人，但就算我跟她说话时再怎么不小心，也不至于说漏这种信息。自那以来，我心里一直有一个疑团。

之前我也抱着玩笑的心态想过，茜理对我有点儿跟踪狂倾向，没想到是真的。好可怕……一般人会尾随别人吗……

——咦？慢着……

想到这里，我突然发现了一件事。

现在想来，鸟子第一次去大学找我的时候也是类似的情况。她只靠一个大学的名字就找到了我。后来，我也以牙还牙地去过她的学校。虽然不是尾随，但从客观角度看，我们干的事也大差不差。也就是说，在这里的三个女的，全都干过尾随的勾当。这是怎么回事？

或许这件事本来就很常见呢，我逐渐产生了这样的想法。

"学……学姐？"

茜理不安地观察着我的脸色。

小樱开着奔驰慢慢驶来，在我们身边停下了。

"怎么，发生什么了？出什么麻烦了？"她摇下车窗询问道，"咦？是小濑户啊。"

"啊！小樱小姐，你好。"

"你在这里做什么？"

"她跟着空鱼过来的。"鸟子回答道。

可能是觉得太过荒谬，小樱不禁失笑："没想到不是被'T'跟踪，而是被小濑户跟踪。哈哈，没想到我这辈子还有机会对别人说'你被跟踪啦'这句话。"然后她一脸疲惫地靠在椅背上："你们什么打算？要不今天就算了？根据我的经验，刚开始就遭遇挫折的计划大部分都不会成功。"

我正在思索，听到小樱的问话，抬起头来。

"没事，就这样吧。我们还是按计划行动。"

"那这边的女士要回去吗？"汀问道。

我摇了摇头。

"茜理也一起来。"

"欸？空鱼，可以吗？"

包括茜理在内，所有人都一脸诧异地看向我。

"你都跟到这儿了，机会难得，就来帮忙吧。"

"可……可以吗，学姐？"

"相对地，你得干活儿。"

"好……好的！"

"嗯？"小樱有些疑惑，但还是打开了车门，"算了，无论如何，送小濑户和小空鱼都是一个方向。你们聊好了就赶紧上车。"我正想坐到后座，却被小樱拦住了："小空鱼得坐副驾驶吧，需要你指路。"

"啊，是这样的。"

于是我在小樱身旁落座，鸟子和茜理则坐到了后排，车门关上了。

"请务必小心。"

在汀的目送下，轿车轻快地驶了出去，从地下停车场的斜坡来到了地面上。

"走哪边？"

"右边。"

"那个……学姐你没生气吧？"后排的茜理惴惴不安地询问道。

"嗯……很难说。"

"难说？"

对茜理默默跟在我身后的行为，我当然是有不满的。但仔细一想，我好像也没资格指责她。还有一点，我略微有些担心。莫非茜理一开始并不是这样，而是因为被我用右眼看过几次后才变得奇怪了？

要是这样，我感觉到的"跟踪狂倾向"就不是茜理本身的性格，而是在我的影响下产生的属性。这种想法一旦产生，之后就会变得越发强烈。

"学……学姐，那个，真的很抱歉。你可以骂我的……"

见我沉默不语，茜理越发慌张了。

"也没有……你怎么这么害怕？"

"因为我不知道你在想什么，好恐怖！"

这家伙擅自尾随我，又擅自害怕起来，到底怎么回事……

"别放在心上，我只是在想事情。啊，前面的拐角左转。"

"你早点儿说啊，要是我没听到，就得绕一大圈。"

"明白了。"

"没事的，空鱼不是会对这种事耿耿于怀的类型。"鸟子在后排对不安的茜理安慰道。

——欸？不不不，那倒也没有吧……

"真的吗？"

"嗯，空鱼对其他人不太感兴趣的。"

"我也有这种感觉。"

"小濑户，我虽然知道你对很多事都挺感兴趣的，但真没想到你是会尾随的人。"

“非……非常抱歉。这种事我之前一次也没做过。因为纸越学姐从来不说她在干什么，我就忍不住……”

“茜理，我们在做一些特别危险的事，你知道我们手里有枪吧？”

“对啊，小濑户。刚才小空鱼虽然说要让你帮忙，但你也可以直接回去，不用有心理压力。枪的事要是告诉别人会很麻烦，但你知道之后也没跟其他人说过。”

“我没说！我对大家做的事感兴趣是事实，但主要是因为纸越学姐最近看起来有点儿不对劲，我很担心才……只要能帮上忙，我什么都会做的！”

一旦注意力稍有不集中，顺着轿车前进方向延伸而去的那两条蓝线就会马上消失。为了使用右眼的力量，我不得不一直保持着注意力集中的状态，这样一来虽然能放心赶路，但也很不方便。由于盯着前进轨迹看需要高度集中注意力，我都没什么机会吐槽其他三人。趁着遇到一段长长的直线行驶路线，我终于有机会插了句嘴。

“等一下，我刚才就在想，小樱和鸟子，你们跟茜理的关系有那么好吗？”

“因为发生了‘那种事’，拉近了我们之间的距离吧。”

“‘那种事’？”

“毕竟我们都是‘裸舞之友会’的会员嘛。”

“小……小樱！”

鸟子慌忙想要制止，但小樱一脸无辜地接着说道：“小濑户，市川在那之后怎么样了？还好吗？"

"啊，她说之后有机会还想和小樱小姐一起吃饭！"

"真的？不用这么客气的。我们年龄差得这么多，感兴趣的话题应该也都不一样。"

"没这回事！小夏也是个超级社恐，她很少会说这种话的。说不定你们俩电波很合呢。"

"那个……"

"小空鱼，往哪儿走？"

"直走！那个，你们在说什么？什么友会？"

"就是围着喝多了之后呼呼大睡的小空鱼，凑在一起烦恼接下来该怎么做的四个女人的聚会啦。"

"是这样的吗？鸟子。"

"呃，嗯。"

"还有这种会？"

"就那一次……"

"别担心。只是在你睡着期间，我们四个人不知如何是好，一起聊了一会儿而已。"

"你们聊了什么？"

"没什么，我们本来也不太了解对方，都是机缘巧合之下凑在一起的。所以就聊了聊各自的情况，还有怎么认识小空鱼你的。现在想来，那段时间是最像女生聚会的了。"

"在那期间，我……"

"睡着了。"

怎么会这样。我莫名有些悲伤。

载着备受打击的我和"裸舞之友会"的会员们，轿车在东京都中央的夜色里疾驰。"T"似乎没走高速公路，也没朝车站走，也没搭电车。如果他是跟着我去的DS研，应该早就进地铁站了，这一点让我放心了不少。

那么，"T"果然是通过汀知道怎么去DS研的？在我思考的同时，蓝色的轨迹时而逸出道路，时而横穿建筑和铁轨，路线十分古怪。除非汀的车有什么秘密功能，能飞上天，或者能破坏前进路上的所有障碍，否则不可能走这样的路线。

实际上，这件事或许跟我和汀都没关系。在大学咖啡店里，"T"曾说过"还真是钓上了一条小鱼"。从字面意思看，就是"T"这个鱼饵钓上了DS研，这句话恐怕也是引用自《出生于庙堂的T先生》。我记得有一个故事里，主人公晚上去夜钓时遇到了恐怖事件，在危急时刻被"T"所救。如果是这样，那当时他就只是在输出一些贴近聊天内容的台词而已。

"嗯？导航好像有点儿怪。"

小樱的嘀咕声把我拉回了现实。我把目光从前进的道路上收回，看向导航面板。这辆车内部设有一面长方形的巨大液晶显示屏，上面是车载导航仪的地图。地图上现在满是噪点，已经扭曲。上面的地名和建筑名也都变得陌生起来。"蚊水之丘""相信署""大势中中学""人心桥""魔加儿本社"……

我吃了一惊，看向外面的景象。虽然已是深夜，可刚刚我们还在一条车流拥挤的明亮道路上，现在却来到了一条只有零星路灯的街道，看不到其他车辆。车窗外的光景很是奇怪。有无数层瓦片堆叠而成、形状奇特的高层建筑；也有连绵成片的工厂，工厂屋顶上的烟囱吐出一团团白烟；还有被警示灯照得通红的操场，操场上是背朝我们整齐列队的学生；只停着一辆有轨电车的车站，车体上长满了藤壶。诡异的景象不断掠过。

"我们好像进入了中间领域。"

我正说着，没有进行过任何设置的车载导航突然发出了声音。

"即将到达。"

"什么？"我下意识地反问道。

"没有。"

都这样了，小樱好安静啊。我看向驾驶座。只见小樱捏紧了方向盘，目视前方。此时，她安静地开口道："小空鱼……"

"在……在。"

"要是我过会儿昏倒了，不好意思。"

"小樱小姐？"

"那个，我是做了些心理准备的，也预料到会发生这种事。毕竟和你们在一起，还在追'T'。是我们这边在主动接触对面。"

小樱说话的声音变得像机器人一样了。

"小……小樱，你振作……"

鸟子从后排将手搭在小樱的肩膀上。小樱深吸了一口气，又长出了一口气，说道："没事。在握着方向盘期间，我还能振作起来，还撑得住。但我现在也只会开车了，可能永远也停不下来了。"

"那个，我们会保护你的……"

"真的吗？我可还没忘记小空鱼你上次把我一个人丢在花田里的事。别啰唆了，快指路吧。我会照你说的开……"

"好……好的。"

鸟子在后排打开背包，开始组装她的AK步枪。车里虽然没开灯，但她似乎没受到影响。说起来，之前鸟子曾经夸耀过自己能在黑暗中进行"扫除"。茜理瞪大了眼睛。她只见过我那把马卡洛夫手枪，突然看到这么夸张的步枪当然会感到惊讶。鸟子一边组装一边询问道："茜理，你不怕恐怖的东西吗？"

"欸，我不清楚怕不怕呢……"

茜理模棱两可的回答让鸟子笑了起来。

"在这种情况下还是这个状态，看来不怕。"

她说不定比我和鸟子都更能免疫"里世界"的恐怖。这也是因为练过空手道吗？也难怪闰间冴月会盯上她。

我暂且把对其他人的担心放到一边，集中精神看向前方。进入中间领域后，我根本不知道自己身在何处。"T"的轨迹也不再上蹿下跳，开始沿着既定的道路前进，就像锁定了目标一样。又或许，是道路在配合着轨迹移动。

四周逐渐暗了下来，不断变化的诡异光景也消失了，夜色中，只有道路在不断延伸。马路很宽，有好几条车道，等距间隔的路灯洒下昏黄的灯光。周围没有一栋建筑，比起东京，这里更像是乡下的国道。

蓝色的轨迹沿着这条路无尽地向前。正当我这么想时，过了没一会儿——

"嗯？！"

小樱惊叫着探出身子。

前方还有另一辆车。

那辆车和我们行驶在同一车道，但我们车速更快，双方之间的距离不断拉近。在这种地方遇到的，不可能是正常的车。所有人都屏住呼吸注视着前方。终于看清那辆车的细节了，是一辆漆黑的高级轿车。

"你们不觉得和我们的车很像吗？"茜理嘀咕着。

"对面也是一辆奔驰。不……不会真的是同一辆吧？"小樱回答道。

除车型以外，我们还发现了另一个奇怪的地方。

"丅"的轨迹就跟随在前面那辆车的尾部。那两条蓝线本来只有肩膀那么宽，不知不觉间已经变得与车同宽。也就是说，我们追逐着

的轨迹正是那辆车车胎的痕迹。

"就是它！那辆车就是我们的目的地。"

"欸，什么？"

"'T'的轨迹就是从那辆车里冒出来的！"

小樱沉默了几秒后，发出了绝望的大叫。

"你要我怎么办？冲到它前面，让车撞上去吗？！"

"等下一个红绿灯？"

"这里哪有什么红绿灯！"

我也不知该如何是好，完全没想到会发生这种事。也就是说，"T"就在车里？仔细看去，车里好像坐着好几个人。

开着开着，我们跟上了那辆车。小樱换了一条车道，两辆车开始齐头并进。我们看向隔壁的轿车，都被震惊得倒吸了一口冷气。

"我……我在里面？！"

茜理惊叫道。隔壁的车不仅和我们这辆是同一型号，就连车里的乘客也是一样的。驾驶座坐着小樱，副驾驶座坐着我，后排坐着鸟子和茜理，四个人都在。但与这边吵吵闹闹的氛围不同，隔壁四人默默无言地朝着前方，一动不动。也没有转过脸来看向我们。我虽然见过好几次自己的分身，但比起独自看见，不知为何，有他人在场时反而更加惊悚和瘆人。

所有人都呆住了，两辆车并排行驶了一会儿。我们既没有超车，也没有做别的行动。

不知经过了几盏路灯的光晕，前方又出现了其他东西。这次是一个人影。身穿红色连衣裙的女人正沿着路边行走。

"我绝对不会停车的。"

小樱咬紧牙关发出了呻吟，车辆没有丝毫减速地从女人身边经过了。

"刚才那是，什么……"

茜理回过头，看上去有些厌恶。但没人能回答她的问题。

前方又出现了一个人影。这次也是个女人。虽然离得很远，但在她被路灯照亮的一刹那，我看见她的脸被剜去了很大一块。被剜脸的女人走到了车道上，这样下去要碾到她了……实际上并没有。女人前进的目标并不是我们这辆车，而是一旁坐着"另一车我们"的轿车。

"糟糕……"

"完了！"

"真的假的？"

"不会吧！"

我们同时发出了惊叫。被剜脸的女人扑向隔壁那辆奔驰的车下，所有人都看见了这一幕，并产生了极其不祥的预感。尽管没有任何的对话和交流，我们还是不约而同地感受到了。就仿佛见到一条即将咬啮小猫的毒蛇一样，产生了一种无法言说的危机感。

"空鱼！"

鸟子大叫着打开了后排座位的窗户。

"我在看了！"

在灌进车内的呼呼风声中，我大喊着回答。鸟子从打开的车窗探出大半个身子，用AK开了枪。要在车上击中移动的敌人相当难，但鸟子做到了。用我的右眼看去，女人的身体因为中弹而扭转，就这么保持着奔跑的姿势砸在了马路上。轿车从她上方越过，猛地摇晃了一下。鸟子一屁股坐回位子上，长长地吐出一口气。

"好险……"她真心诚意地说道。

明明是不曾经历过的血腥景象，现在却只让我感到安心。其他人恐怕也是一样的想法。我们避免了一场重大的危机，车内的氛围稍微缓和了一些。

"这样就没事了。"

后排，坐在鸟子和茜理中间的人如是说。

那是一个有着女子般容貌的男人，下垂眼，脸上有雀斑，眉毛很粗。他戴着头箍，露出额头，一头长发看起来像僧人的头巾，手里还拿着一串经典的佛珠。和我们第一次见面时相比，他的样子已经大不相同，这让我很惊讶——"出生于庙堂的T先生"就坐在那里。

所有人呆了一瞬间，第一个反应过来的我不顾一切地大喊起来。

"茜理，揍他！"

茜理猛地直起腰，几乎是条件反射地把拳头砸向"T"的脸。"T"用掌心接住了她的拳头，与此同时张开嘴。

——破！

15

"啊……"

从昏迷中醒来时，周围明亮得让人感到困惑。

我抬起头，看到前挡风玻璃对面有一团朦胧的白光，就像打着旋涡的浓雾。不知是雾中有其他的人工光源，还是太阳正好升起。又似乎是浓雾本身闪着微光。明明刚刚我们还在漆黑的夜路上疾驰，现在的亮度却已经足够看清周围，车内的景象十分鲜明。

四周一片寂静，车辆行驶的声音消失了。我身上没有哪里感觉疼痛，看来并不是发生了事故。

驾驶座上的小樱看起来像是被安全带勒得昏迷了。后排的鸟子和茜理也靠在头枕上失去了意识，两人之间的座位空空荡荡。

"小樱小姐！鸟子……茜理，快起来！"

我喊着她们的名字，又拍拍她们的手臂，三人马上就醒了。

"什么……发生什么了？"

"太好了——你们没事吧？有没有受伤？有没有失忆？"

"他刚刚还在的，为什么……"

"你说的是那个人，对吧？我之前和学姐一起跟踪过的，那个……"

所有人都花了一段时间才平静下来，大家的身体没有异常，这让我松了口气。异常的是现在的情况。

自醒来以后，小樱就一直在尝试发动车子，但不论试了多少次都没有成功。可能是放弃了，她靠在座椅上开始嘟囔。

"车不动了。"

"小樱小姐。"

"看样子我也到此为止了。"

小樱眼神发直。我很担心，拍了拍她的脸颊。小樱嫌弃地扭过脸，把我的手拍开了。

"快住手……"

"现在外面是什么情况？我什么也看不到。"

趴在窗户上的茜理说道。鸟子也透过另一边的车窗观察着外面的情况。

"我们是因为那句'破！'变成这样的吗？"

"大概是吧。"

"之前是不是说，'破！'能切断人类与'里世界'之间的联系来着？"

"我是这么认为的……"

如果我的推测没错，同时遭受"破！"了的我们被弹出中间领域也不奇怪。但现在在我们的所在之处似乎并不是"表世界"。可能这是在另一个中间领域，又或是"里世界"中我们没有涉足过的地方。

我解开安全带，小樱瞪大了眼睛。

"喂，你打算做什么？"

"我出去看看情况。"

"你打算出去吗？还是算了吧！"

"现在不清楚状况……用右眼看去，附近全都是银光。"

这里可能类似我们从晚霞街回来时经过的模糊不清的领域，但视野比当时差得多。不仅有真正的雾，还有那种银色的雾霭。

我打开车门准备下车，试图确认脚边的情况。不行，就连几十厘米下方的地面都看不清。这也太恐怖了。我有些犹豫，撑住车门将上半身探了出去，看向前方，发现这辆车的轮胎正以极其缓慢的速度转动着。

"欸？！"

我慌忙把身体缩回车内，关上门，系好安全带。

"小樱小姐，这辆车在动。"

"什么？！"

"虽然速度很慢，但轮胎还在转！"

"真的假的？！"

小樱焦急地打开驾驶座旁边的车窗，把脸伸了出去。明明刚才还不愿意往外面看的。她之前说过，握着方向盘期间自己能够振作起来，或许是作为司机的危机意识一时间战胜了恐惧吧。

"哎呀，真的啊！"小樱拉起手刹，又踩下脚踏板，再次探身向外看去，"怎么会这样？停不下来啊……"

我坐在慌乱的小樱身边看着前方，发现前面的雾气正在消散，出现的是向前延伸的两条蓝线。

"欸，那是什么？"

"是路吗？也就是说……"

鸟子和茜理的话让我吓了一跳。除了我之外，其他人也能看见了？

再次观察时，我发现这条蓝线是有实体的。蓝色的油漆剥落，露出内里黝黑闪亮的金属。汽车轮胎压在这两条线上，慢吞吞地前进着，就像在铁轨上前进的电车。

"这……这是怎么回事？"小樱把头探出车窗，发出了惊愕的叫声，"好高！"

"好高？"

"这辆车浮在空中！"

雾气终于散去，我们看清了眼前的状况。一条蓝色的铁轨正悬在半空，下方是同样颜色的钢筋骨架和支柱，直直地在空中向上延伸。支柱下方被雾气吞没了，看不到地面。想起自己刚刚差点儿跑出去，我不禁脊背一凉。

雾上行驶的铁轨面积很大，从远处看，它时而左拐时而右拐，有时激烈地上下翻转。除了我们所在的这条，还有位于低空的红色线路和多次翻转扭曲的线路。

"我可以说说我的想法吗？"鸟子看着窗外小声说道。

"什么？"

她扯出一个笑，转头看着我。

"这个不就像过山车一样吗？"

从其他人的表情来看，大家的想法一致。

我们的视线一齐对准了前方。

再过十几米，铁轨将以极陡的角度向下而去。

我明白为什么危急时刻中，人反而会变得安静了。

小樱踩下了刹车，她用尽全力地踩了好几次。

轿车的速度没有变慢。在神秘力量的驱使下，我们的车在不断前进，就像马上要被瀑布冲走了一样。

"你们都系好安全带了吧？"

就在小樱检查车辆时，车子到达了直线铁轨的尽头。

一瞬间，刚刚还是水平状态的车体一口气向前倾倒，我们头朝下不断坠落。

"啊啊啊啊啊啊啊啊！！"

所有人发出惊声尖叫。轿车以几乎垂直的角度落下后，不断上上下下，时而又倾斜拐弯，飞速旋转，随着轨道三百六十度地移动。一想到轮胎可能脱轨就更令人害怕了。每当前方出现大拐弯时，我都忍不住紧闭双眼。

漫长的几分钟过去了，轨道又回到了水平状态，速度也开始下降。

我们得救了吗……

因为紧张，我浑身僵硬。为了调整心态，我看向窗外，没想到视野中竟然出现了地面。轨道左右长满了苍翠的树木，下方几米处还能看见路灯和长椅。

"这……这是游乐园吧？"

"刚刚真的是过山车啊……"

后排的两人茫然若失地自言自语。

"我……我的确说过，'里世界'的存在会试图让人类感觉恐怖，实际上也确实很恐怖。"趴在方向盘上的小樱上气不接下气地说道，"但这种恐怖是不是有点儿不对啊，小空鱼？"

"别问我啊！"

轿车在轨道上缓慢行进着。如果是过山车，应该会有一个车站一样的停靠点，但这辆车似乎没有要到达车站的样子。

"这条轨道到底到哪儿才是尽头啊？"

"看不到终点呢。"

"喂，我们不会要再来一次吧？"

我们逐渐害怕起来，不断环顾着四周游乐园的光景。

"那个超大的秋千是什么？"

"海盗船，会前后摇晃的那种。"

"空鱼快看，旋转木马！"

"你喜欢吗？"

"仔细一看破破烂烂的，这里是废墟吗？"

"那座管子堆成的山是什么啊？"

"泳池滑道吧？"

"就像滑滑梯一样？"

"差不多。"

再次把视线转向前方时，我看到了某种危险的东西。

"小樱小姐，前面……"

"这次又是什么？"

回过头的小樱身子僵住了。

身下的轨道正把我们拉进一座巨大的建筑里。

这是一座有着三角形屋顶的日式建筑，看着像座古寺。被太阳晒得褪色的看板上画着散发、垂手的古典型幽灵和鬼火。在吞没了铁轨的漆黑的入口处，放着样子恐怖的陶瓷貉摆件，貉的眼睛和嘴大张着。

怎么看都是一座鬼屋。

"正统派的恐怖来了……"我说道。

小樱僵硬着身子抱住了脑袋。

"一般过山车会直通向鬼屋吗！这是什么恐怖畅享套餐啊，这个也坐那个也坐，这里可不是西武池袋线①啊！"

---

① 隶属于日本西武铁道株式会社的铁路线，连接了东京都丰岛区池袋站和埼玉县饭能市仲町饭能站，是东京地区的主要通勤线路之一。——译者注

轿车载着用奇怪比喻大发脾气的小樱和束手无策的我们，驶入了鬼屋。

建筑中十分昏暗，还有不知从哪里来的绿色灯光。轨道左右是一排排荒废的日式房间，像是模仿日本的房子做成的。

"小樱小姐，你要是害怕，可以闭上眼睛。"

我看向旁边，小樱已经用手捂住了脸。

轿车自动沿着既定的路线前进，两旁是些样子瘆人的装饰。有着人形污渍的墙壁、画着幽灵的屏风、破烂的纸拉门、从门框上端横木垂下的一根上吊绳、榻榻米上的血泊……

"小樱说得没错。过山车连着鬼屋，到底是想干吗啊？"

鸟子抱着AK看着窗外的光景，我也从托特包里取出了马卡洛夫手枪。

"或许'它们'正在试探我们害怕什么，抱有怎样的恐惧。这么一想，至今为止竟然没遇到过鬼屋，还挺不可思议的。"

鸟子的身体抖了一下。

"这种被单方面试探的感觉真讨厌。"

"那个，你们在说什么？"茜理有些好奇。我一边思考着回答的内容和方式，一边开口说道："这个世界里似乎有一些存在想恐吓我们，现在我们身处的状况也是其中一部分。"

"也就是说，有这么想的怪物？"

"怪物……也可以这么说吧。"

"猫咪忍者和猿拔女也是一样的吗？因为想吓唬我们，所以才来袭击的？"

"它们已经造成了实质上的危害，不过出发点应该是一致的。"

"那我们只要把BOSS找出来打倒就行了，对吧？"

我和鸟子面面相觑。

"能做到吗？"

"谁知道呢……"

"枪不起作用吗？"

"对出现在眼前的怪物是有用的，只要让空鱼用眼睛盯住。"

"也就是说，空手道也能用吧。"

"只要用我的眼睛盯住。"

听了我们的回答，茜理不知道误会了什么，眼睛一下子闪闪发光。

"明白了！请看着我吧！"

这其中一定有什么误会，但如果想让我们几个的认知达成一致，就得从头开始说明，太麻烦了。应该没事吧……我闭上了嘴。我们已经透露了不少信息，不久前我还觉得茜理是个局外人呢。

话虽如此，如果"里世界"想用鬼屋来吓我们，到目前为止都挺让人失望的。这栋建筑的装潢的确有些诡异，但还没有其他东西出现。

正想着，我发现轨道在前方戛然而止。

"咦……这里是终点？"

我们还在疑惑时，轿车静静地停下了。

黑暗中，附近一片死寂。

"结束了？"小樱依然捂着脸，"发动机还在工作吗？"她伸出一只手，摸索着抓住了车钥匙。"已经熄火了。"

"这样啊……"

"现在是什么情况？"

"有个坏消息。"

"我不想听。"

"我们似乎得走过去了。"

"我不想听！！"

我回过头，和鸟子点头示意，接着解开锁，打开了副驾驶座的门，见外面没有动静，便伸出脚踩在了榻榻米上。鸟子也跟着我下了车。

轿车停在了一间有八张榻榻米大的日式房间里。正面的墙壁上是一座关着门的佛龛，其他三面墙上挂着黑白遗照。我转身看去，发现来时的轨道已经消失在了黑暗中。来时的路线应该是直线，从这里却看不到入口。不仅如此，刚刚见过的房间也都消失了。我用手电筒照去，灯光被无底的黑暗所吞没。

鸟子打开了装备在AK枪身下方的灯。这应该是她在网上买的配件，灯虽然小，亮度却很高，在黑暗中令人安心。

茜理也下了车，正在检查脚下。留在车内的只有小樱了。鸟子打开驾驶座一侧的车门，对小樱说道："小樱。"

"我不想出去。"

"留在这里不是更恐怖吗？"

"现在还什么也没出现。"

"那也只是现在而已吧？"

总算下了车的小樱就像被骗到宠物医院的猫一样炸着毛，几乎是闭着眼睛，顺着鸟子的手臂摸索着到了我身边，然后用双手抓住了我的后背。是把我当成眼罩兼盾牌了吗？

"这样很难走路欸⋯⋯"

"给我忍着！"

我抱怨了一句，反而被骂了。真没办法。

"空鱼照顾小樱吧，我走前面。"

"知道了。我在后面看着。"

"学姐，我也在，你可以依靠我的！"

"可以是可以，接下来我们怎么办？"

"只有⋯⋯那个了吧。"

鸟子将灯对准了眼前的佛龛。这个庞然大物的高度约有一百八十厘米，宽约一百厘米，与地面的连接处有一段二十厘米的台阶，上面是一扇双开门。房间里显眼的东西也就只有它了。鸟子和茜理先走了过去。

"我打开了呦？"

"OK。"

在我眼前，两人一左一右打开了佛龛的门。

"果然！"

里面没有佛像，也没有牌位。门里还有一扇门，再往前是铺着木板的走廊。我不由得叹了口气。

"只能走了。"

我们跨过入口的台阶，进入了新的走廊。小樱已经吓得说不出话来了，她紧紧地抓着我的后背。

走廊两侧是一间间铺着席子的日式房间，刚才那让氛围变得诡异的绿色灯光也消失了。

我们四人慢慢顺着走廊前进，脚下的木板嘎吱作响。

"空鱼，右边。"

突然间，鸟子发出了警告。

我条件反射地看去，只见房间里站着一个身穿红色连衣裙的女子。

她一动不动，黑发下低垂的双眼中也没有光彩。

"这是人偶吗？"

"做得还真精致啊……"

鸟子没有移开枪口。我同意她的说法。不过，那女子虽然一动不动，外貌却不像人工制造物那样生硬，看着也不像是尸体，就像一具没有灵魂的肉体一样。

我们一边前进，一边注意着女子有没有突然动起来，然后眼前又出现了一个脸被剜去一大块的女人。

"这不是刚刚冲上马路的家伙吗？"

茜理有些戒备。

女人曾被AK击中，又被车子狠狠碾过，但此刻用手电筒照去，会发现她的身体上没有任何相关痕迹。和刚才的红裙女子一样，她也给人一种栩栩如生的感觉。

"她们被放在这里是为了让人感到害怕吗？"茜理问。

我歪了歪头。

"要是这样，感觉还可以放得更巧妙一些。"

"现在只是直直地立着。我们不知道对方的意图，反而有些瘆人。"

茜理口中"瘆人"的感觉在下一个东西出现后变得越发强烈了。房间的天花板上，挂着一名看起来像是白领的中年男性。不管怎么看都是上吊了，但却分不清是死是活，就像一个人类被以吊死的姿势固定在了空中一样，比一般尸体更令人毛骨悚然。

再往前的地方，站着一个手拿锯子的男人。他的脸已经被打得稀烂，上面插着无数钉子。是红森说的那个男人……

"空鱼，你发现什么了吗？"

"我不确定。但这里的所有人，应该都是在《出生于庙堂的T先生》里登场的人物。"

"刚才那些女人也是？"

"嗯。但她们为什么没反应呢？"

下一个房间里站着无数的黑影。虽然是人形，却只能称之为"影"。就算用手电筒对着他们，仔细端详，也分辨不出五官。

再下一个房间。榻榻米上孤零零地放着一个长发女人的脑袋。

"与其说这是鬼屋，感觉更像是鬼屋的内部。"

茜理突然冒出一句。

"内部？"

"应该说后台？这些装置在轮到自己出场时，就会接上电源，窜到游客的必经之路上，但在那之前，它们就会像这样被放在幕后。"

"我想起了肋户说过的话。"鸟子回头看着我们经过的走廊说道，"肋户说他看见了一些状似人类，却像树木一样站在原地毫无反应的东西，还有一些像用黏土做成的人类一样的东西放在那里。或许刚才我们看到的也是其中一类。'里世界'的存在为了和我们接触，制作出了这种人形装置作为'Interface'。如果我的推测没错，放在这里的也是……"

"……家。"

一直没说话的小樱突然开口了。

"什么？"

我扭过脖子。小樱还是紧抓着我不放，她把脸埋在我的背后，嘀嘀咕咕地说着："家，家，新家。"

"小樱小姐？"

是太想回家已经到极限了吧？我猜测道。这时，小樱的声音突然变大了。

"继续，继续，继续！继续！继续！继续！"

"没……没事吧？"

"小樱，你怎么了？"

她不同寻常的模样让我们都慌了。小樱拼命摇头，继续大声说着："这是？这是？这是？"

"小樱小姐，你冷静点儿——"

"学姐！后面！"

听到茜理的叫喊声我抬起头。瞬间，我只觉得背后汗毛直竖。

刚刚经过的房间里探出了无数张脸，这些脸正注视着我们。

白色的脸、影子的脸、男人的脸、女人的脸，其中似乎也有眼熟的脸。不知道是谁的脸，又是什么样的表情，在看清之前，我已经条件反射地移开了目光。

视野中出现了女人滚落的头颅，浓密的头发披散在榻榻米上，白皙的脸面无表情地望着我。她戴着黑框眼镜。

小樱仍然低着头，咆哮着："你也想变成这样？你也想变成这样？你想这么做吗？你想这么做吗？"

——这个人是谁？

在我脑中浮现出这个想法的瞬间，就像是读懂了我的心思，一直贴在我背后的小樱模样的存在突然不动了。

滚落在榻榻米上的头颅那血红的嘴唇似乎露出了微笑。

小樱模样的存在抬起头，看向我——

——破！

一声大吼从我背后炸开，白光将一切掀飞。

再次睁开眼睛时，眼前的光景已经发生了变化。黑暗的走廊、无尽的日式房间、人形生物大军都消失了。小樱也不见了。只有我、鸟子、茜理三人。

这是一个很大的白色房间，大到不知道能不能称之为房间了。目之所及只有地板和一面墙，其他方向都被白雾笼罩，甚至不知道有没有天花板。

白墙上画着一个巨大的蓝色旭日，这让我想起在晚霞街看到的那轮蓝色夕阳。蓝色的圆前面站着一个熟悉的男子。他身材高大，约有两米高，头发剃得精光，正用锐利的眼神盯着我们，身上穿着黑色僧袍和金色袈裟。毫无疑问，是"出生于庙堂的T先生"。

"仁科鸟子。""T"看向鸟子说道，接着又把目光转向我，"纸越空鱼。"

他没说茜理的名字。

"这家伙，不是之前那个人吗？"

茜理怀疑地轻声说道。鸟子用AK对准了"T"，枪身上的灯还开着，放出令人目眩的强光，"T"却连眼睛都不眨一下。

"你就是'T'？你想做什么？"

鸟子用强硬的语气质问道。"T"开口了。

"我乘死者呼唤死者的潮汐而来，海岸线在召引我。"

"放过我们，我和空鱼都不想去那边。"

"不能沟通之物是不存在的。"

"你们的沟通快让我们发疯了。"

"我们扩张结界，迎接其他早晨。"

"别擅自扩张，我们有我们的早晨。"

"是那个女人。我又产生了这种想法。"

"那个女人？"

"仁科学姐……你从刚才起都在说什么啊？！"

茜理忍无可忍地大叫起来。我觉得鸟子和"T"这段对话的意思再清楚不过了，没想到茜理竟然听不懂。

我也明确地意识到，再跟"T"聊下去很危险。这家伙是来自"里世界"的"它们"的一个界面，与他接触的时间越长，我们的精神就越不稳定。恐怖与疯狂——这是"它们"和我们之间唯一共通的频道。

明白了这一点后，我也能理解"T"为什么要来袭击我们了。

"鸟子，茜理，没必要跟他说话。这家伙是敌人，刚刚的'破！'不是为了救我们。"

"那是为了什么？这家伙想做什么？"

"他应该是在实验。他想看看我们和'里世界'之间的联系被切断后会怎么样，比如断联期间和再次接触时的状态……这个化身为"T"的现象想让我们动摇、混乱，从而测试我们对'里世界'产生的各种反应。"

"也就是说，这家伙果然对学姐你使用了暴力，对吧？"

茜理似乎只抓住了自己能够理解的部分。这样也好，我点了点头。

"实际上是这样的。"

"明白了。"

茜理用低沉的声音说着走上前去，"T"看向她。

"濑户茜理——"

听见"T"说出茜理的名字，我不由得脱口而出："别动这孩子。"

"学姐，没事的，请看着我。"

"T"将手掌对准了说话的茜理——

——破！

在那一瞬间，我把右眼的意识集中在了茜理身上。

我看见"破！"产生的波纹在"T"身前三十厘米左右的空中扩散，贯穿了茜理的身体。银色的强光在她的大脑中央到脊髓部分炸开。光芒迅速减弱，但我用右眼死死盯住了它。银光重新闪烁起来。我的眼睛和"T"的口诀以茜理的身躯为中心展开了对抗。

透过茜理的身体看去，"T"不再是男性僧人的模样，而是变成了一个正在燃烧的蓝色人形，就像从"里世界"的天空中切下的一片。从他脚下延伸出两条蓝色的痕迹，与墙上蓝色的圆连接在一起。

"茜理，你没事吧？还知道我是谁吗？"

我同时看向茜理和"T"，询问道。茜理的声音有些恍惚。

"学姐……总觉得身子暖烘烘的……"

"暖烘烘？"

"啊——还想把这个存起来的，看样子不行了。"

对着"T"摆出进攻姿势的茜理稍微松了松拳头，就像在箭射出的前一秒，握着弓调整了一下僵硬的身体。

"我想狠狠地给他来一下……可以吗？"

我思考着来自"里世界"的"它们"的事。这些神秘莫测的家伙窥探着我的想法，利用怪谈向我们发起接触。人类一旦意识到"它们"的存在，就会开始发疯。总之是超乎人类理解的存在。

虽然无法理解"它们"的想法，但现在我能说的只有一句话。

"它们"当着我的面，对茜理出手了。茜理仰慕着我，担心着我，是我独一无二的后辈。

就让"它们"付出代价吧。

"可以。"我点点头，"动手吧——茜理。"

在我开口的瞬间，茜理就像出了笼的野兽般冲了出去。没有发力的声音，也没有回答，她整个人向"T"的腹部正中间撞去。因为撞击，"T"的身体向前倾倒。茜理的右脚踏出一步，重重地踩在对方膝前，左脚则高高抬起，猛地踢向对方的头部侧方。

我和鸟子哑口无言地看着这段精彩的连击。"T"砰然倒地，茜理对着他的脸一通乱踢，确定对方已经爬不起来后，转了个身看向我们。

"打败他了！"

在我的右眼注视下，释放了自己的暴力冲动后，茜理露出了天真无邪的笑容。

在她身后，那轮巨大的蓝色旭日正在不断地瓦解。无数的蓝线从旭日处垂直落下，直直地朝着地板延伸，形成了一个个人形。

短发男子、光头男子、长发戴墨镜的男子、额头长着疙瘩的男子、僧侣模样的男子、剃了鬓角的男子、身穿夏威夷衬衫留着络腮胡的男子、白发和服男子、黑衬衫男子、土木工人模样的男子、身穿便利店制服的男子……

每个人都是不同的模样，但我都见过。一眼就能看出，他们都是"出生于庙堂的T先生"。

"果然……"

"T"说道。

"说着说着，我逐渐觉得有点儿不对劲。它正朝着没有人的玄关大声吠叫。对你来说，提到'沟通'，最重要的不是'制作'，那又是什么呢？"

"T"说道。

"为什么打我？"

"T"说道。

"你真烦啊，要不进来聊？"

"T"们一齐朝我们迈出了脚步。我感到脊背一阵发凉，大叫起来。

"鸟子，快开枪！"

步枪发出了震耳欲聋的枪声。AK吐出的子弹将"T"接二连三地击倒，被击中的"T"就像纸人一样变得粉碎。

"学姐，我也——"

我对着转过身的茜理点点头。

"把他们都打飞！"

"交给我吧！"

茜理冲进了逼近的"T"大军当中，以惊人的气势开始挥拳。

"T"们对着我们伸出了手，此起彼伏的"破！"让眼前的景象不断震荡。我努力集中意识，盯着鸟子和茜理的背影。

眼睛好痛。在我因为泪水而模糊的视线中，那轮蓝色旭日变得朦胧起来，不断瓦解——

16

回过神时已经是早上。

墙上蓝色的圆不断瓦解、缩小，不知不觉间变成了早晨挂在树梢上闪闪发亮的太阳。

我们三人很是困倦，相互倚靠着，意识蒙眬地坐在地上。我们还记得击退了逼近的"Ｔ"大军的事，却不记得是在什么时候回到了"表世界"。

虽然回到了"表世界"，但我们还是在一座游乐园里。过山车的轨道在上方横穿而过，被晨露浸湿的旋转木马闪着水光。从四处堆放的建材和拆了一半的建筑来看，这是一座已经废弃的游乐园。鬼屋已经被取下了招牌，看上去就像一座普通的木房子。

回头看去。我们的奔驰就停在哈哈镜屋旁边，小樱缩在驾驶座上，已经失去了意识。

我用指节敲敲车窗，小樱猛地惊醒过来。她打开车窗，迎着炫目的阳光眯起眼看向我们。

"什么……发生什么事了？"

"我还想问你，你什么时候回车里了？"

"回来了？嗯……我不太记得了。中途好像还和你们一起在走廊上。莫非是我在做梦？"

没有人能回答。

现在是早上五点。小樱用手机查看了我们的所在地，有些惊讶。

"这不是丰岛园①吗？"

---

① 实际存在的游乐园，位于东京都练马区，经营了94年，于2020年宣布停业。也有以丰岛园为题材的恐怖电影。——译者注

丰岛园位于西武池袋线沿线，离小樱家不远。

"那总之……先来我家？"

小樱脸上明显写着"想回家"几个大字。大家也都累得不行了，没人提出异议，于是就决定去小樱家了。

我们三人合力举起挡在施工现场门口的链条，让车开出了游乐园。

这次我赶紧坐到了后排，茜理便坐在了副驾驶座位上。逐渐袭来的睡意让我和鸟子的脑袋变得沉重，不知不觉间，两人的肩膀靠在了一起。

迷迷糊糊中，鸟子在我耳旁轻声说道："这样好吗？把她卷进来。"

"你是说茜理？嗯……这也没办法。"我小声回答。

"你之前不是说，除了我和你以外，不想把其他任何人卷进来吗？"

"我本来也是这么想的。"

这次，我之所以没有把茜理排除在外，是因为她已经深入参与到了"里世界"事件当中，成了当事人之一。当然，也有我心境发生变化的缘故。说简单点儿，就是我感觉到了责任。考虑到我的右眼对茜理造成的影响……

我悄悄对鸟子进行了说明，但她看起来并不服气。

隐约察觉到了什么，我问道："难道你在不开心吗？"

鸟子没有回答，用余光瞪了我一眼。

"是这样的吗？"

"是又怎么样。"鸟子低声说道。

我见过她各种各样的表情，但这样的神情还是第一次见。

原来鸟子也会因为这种事不爽啊。

我一时说不出话来，看着她。

"这次情况紧急。一般只会有我们两个人，你知道的吧？"

我总算挤出一个回答后，鸟子默默转过脸，把头靠在了我的肩膀上。

轿车来到了位于石神井公园的小樱家。我们下了车，伸展着身子休息了一会儿。

小樱大发慈悲地允许我们在她家喝茶，于是我们跟着她走向玄关。这时，从后面传来了"扑通"一声。

嗯？

我们身后应该只有那辆奔驰……我正想着，又传来了"扑通"一声。

这次小樱也发现了。

"怎么了？什么东西掉了吗？"

我们回到车旁，望向车内。

"里面没有堆东西啊，是后备厢吗？"绕到后面打开后备厢后，小樱惊叫一声向后退去，"为什么？！"

赶到她身边的我们也大叫起来。

"骗人的吧！"

"什么时候的事？"

女孩儿正躺在后备厢里。她像小猫一样蜷缩着身子，睡得正香，就像被拐卖的小孩儿一样。

莫非从DS研消失后，她就一直和我们在一起并藏身在后备厢里？

"这是你们拐来的吗？"

对事情经过一无所知的茜理发出了理所当然的疑问。小樱拼命摇头。

鸟子轻轻摇了摇她的肩膀，女孩儿猛地睁开眼睛。她从后备厢里坐起身，不慌不忙地环视着四周。突然来到陌生的地方，还真是冷静啊，我在心里默默吐槽道。但仔细一想，女孩儿第一次来到"表世界"时也来过这里。

"来都来了，没办法……鸟子，能把她带进来吗？"

"好，过来吧。"

鸟子伸出手。女孩儿乖乖地抓住她的手，从后备厢里爬了出来。

"名字就叫'霞'怎么样？"看着这一幕，我说道。

"欸？"

"她的名字。我想的。"

"霞？"

"因为她时隐时现嘛，这个名字也比较正常吧？"

"你觉得呢？"

鸟子看向女孩儿的脸，对方没什么反应。

"好像没意见。"

"那就用这个名字吧。"

虽然我也是认真思考过的，但这么轻易地决定一个人的名字真的好吗？

无名女孩儿——"霞"和我们一起进了小樱的家。

"等一下，我去拿擦脚的来。"

小樱把没穿鞋的霞和我们留在原地，去拿毛巾了。霞虽然来过一次，但还是很好奇地在空空荡荡的玄关处四下张望。

小樱马上就回来了。

"来，抬一下脚。"

看着小樱把自己脏兮兮的脚底擦干净，霞静静地说道："你住的地方还真大啊，小樱。好棒的房子。"

"……欸？"

小樱呆呆地抬起头，霞继续说道："但一个人住的话，是不是有点儿大过头了呢……"

小樱惊愕地睁大了双眼。

这句话说得很突兀，应该不是霞自己说的，而是引用了过去其他人的发言。

但我对这句话没有印象。我不记得自己说过这种话，也不像是鸟子的口吻。

"刚才这是？"

小樱对我的问题充耳不闻。

因为对方停下了动作，大概是觉得擦完了吧，霞自顾自地进了房间，顺着走廊跑去。小樱呆呆地目送着她的背影。

Otherside Picnic

参考文献

本作品以现存众多真实怪谈和网络传说为原型写就。笔者将书中直接引用之故事特别标注如下。下记内容涉及正文，可能存在剧透，请谨慎阅读。

■ 档案20 出生于庙堂的T先生

正如作品中所提到的，《出生于庙堂的T先生》讲的是一个会在怪谈发生的中途突然出现，用一声"破！"将怪物打飞的人物。能找到的最早的记载出自2ch揭示版的新闻速报（VIP）版"看似恐怖的笑话"一帖的第24、25、26、27、29、30楼（发布于2017年9月9日）。

24楼是《穿红裙的女人》，讲述了一个会引发交通事故的女人被"T"用青白色的光弹打飞的故事；

25楼是《头颅》，讲述了一个女生被女人的头颅所附身，最后"T"将头颅抓住并烧毁的故事；

26楼是《海水浴》，讲述了主人公的朋友差点儿被一群黑影拖进海中，危急之际，"T"冲浪而来救了他的故事；

27楼是《噩梦》，讲述了主人公在梦里遭遇手拿锯子的男人，"T"送的护身符突然发亮，其威力将男人的上半身打飞的故事；

29楼是《夜钓》，讲述了主人公差点儿被无数人影吊死，"T"挥动鱼竿，用鱼线将人影撕裂的故事；

30楼是《老狗》，讲述了主人公的女友家里有一条老狗一直守护着他们免遭亡灵侵害，"T"抚摸了老狗并将其变为引渡亡灵的通道的故事。

原帖里的故事都是短时间内由同一个ID投稿的，"T"的故事也包含在内。另外，投稿这些内容的ID与原帖楼主的ID也相同，可以推测，投稿人在其他地方收集或编写了许多故事，并开了一个帖子一口气发了出来。所以《出生于庙堂的T先生》的起源很可能另有他处。

在Niconico大百科中，"出生于庙堂的T先生"词条评论第103行（发布于2012年10月27日）中，有一段自称是作者的人留下的自白。我摘录了其中一部分：

我一开始把这个梗贴在了某个博客的*栏（引用者注：即评论栏），是一段"假怪谈"。记得应该是《夜钓》吧。

还记得，不少发现了这个梗的人和喜欢看这种怪谈杀手文学的人都给我留了评论。

我很得意，并接连投稿了《穿红裙的女人》《海水浴》《噩梦》等故事，大家都读得很开心。

然后有人提出想转载到2ch，我也同意了。

这个故事就流传到了现在。对我而言，"T"的影响竟然时至今日还存在着，着实令人惊讶。

这段话与原帖"看似恐怖的笑话"创设的情况一致，在我看来可信度很高，但不知为何，没人对这个评论有所反应。从2021年至今，几乎没人留意到这段话。

我也试着去找了这名作者提到的"某个博客的*栏"，但没有找到。个人博客的评论栏里的内容的确很难被保留下来，也可以理解，但还是觉得可惜。我在上文引用过的Niconico大百科词条有朝一日也会消失吧，有志者可以用复制、截图或使用"Web鱼拓"网站等方式对其加以保存。

在第三卷里我提到过，这部作品原则上不会使用作者明确表示"是虚构"的故事。但考虑到上述情况，这一次特殊处理。虽然我有些犹豫，但第六卷本身就与之前的作品有些不同，整本书只有一个故事，宛如"剧场版"，还让"知名人士"T同学也出场了，希望能由此营造出一些节日氛围。

本作中"T"的台词和登场的情景都引用自上述（可能是原文的）内容。

在废弃公寓的地下室里出现的"墙上画着的蓝色旭日"出自《现代百物语 新耳袋 第一夜》①中收录的《第六十九话 地下室》一文。故事中，主人公为了装修把房子拆了之后，发现在地下室的下方五六米处还有另一个地下室，这个房间只有两块榻榻米那么大，里面空无一

---

① 木原浩胜、中山市朗著，Media Factory 1998年出版。——译者注

物，西侧的墙壁上画着一个直径约二十厘米的红色旭日。这在迄今为止我多次引用过的《新耳袋》中算是一个没什么超自然要素的故事，但读后令人印象深刻。

本作也受到其他众多真实怪谈和网络传说的间接影响，每次我都会在此对各位作者致以衷心的感谢。这一次对《出生于庙堂的T先生》的作者也是如此。

非常感谢。希望本书能作为一份薄礼，回馈为笔者带来了无数恐怖（搞笑）体验的各位作者。

北京市版权局著作合同登记号：图字 01-2025-0639

图书在版编目（CIP）数据

里世界郊游 . 6，出生于庙堂的 T 先生 / （日）宫泽伊
织著；游凝译 . -- 北京：台海出版社，2025. 7.
ISBN 978-7-5168-4258-4

Ⅰ . I313.45

中国国家版本馆 CIP 数据核字第 202507UQ48 号

里世界郊游 . 6，出生于庙堂的 T 先生

著　　者：[日]宫泽伊织		译　　者：游凝	

责任编辑：员晓博　　　　　　　　　封面绘制：shirakaba
装帧设计：程　然

出版发行：台海出版社
地　　址：北京市西城区红莲南路 57 号　　邮政编码：100055
电　　话：010-64041652（发行、邮购）
传　　真：010-84045799（总编室）
网　　址：www.taimeng.org.cn/thcbs/default.htm
E - mail：thcbs@126.com

经　　销：全国各地新华书店
印　　刷：三河市嘉科万达彩色印刷有限公司
本书如有破损、缺页、装订错误，请与本社联系调换

开　　本：880 毫米 ×1230 毫米　　　1/32
字　　数：156 千字　　　　　　　　印　　张：7.75
版　　次：2025 年 7 月第 1 版　　　印　　次：2025 年 7 月第 1 次印刷
书　　号：ISBN 978-7-5168-4258-4

定　　价：48.00 元